問うと、少年は首を横に振った。

（……好都合だな）

妙な癖のついていないほうが、仕込みやすい。

満足して頷《うなず》くと、シャダルクは少年に最後の質問をした。

「君は——〈英雄〉になりたいか？」

第一章　虚空の門

そんな、泡沫《うたかた》のような記憶を、ふと思い出したのはなぜか——？
〈不死者の魔王〉となる以前の記憶など、失われて久しいはずなのに。
（……いや、そうか。〈次元城〉で〈不死者の魔王〉と戦った、あの時——）
過去の記憶が一瞬、レオニスの中に白昼夢のように甦《よみがえ》った。
ロゼリア・イシュタリスの干渉によって、書き換えられた過去の一幕。
あの日、雨の中で少年が出会ったのは——
六英雄の〈剣聖〉ではなく、彼の眷属《けんぞく》の少女だった。
女神の奇跡による、因果の逆行。
あの世界で、リーセリアの託してくれた〈聖剣〉は、たしかに継承された。
しかし、それは本来、存在しない過去だ。
（あの日、俺が出会ったのは——）
骨の翼を広げた〈屍骨竜《スカル・ドラゴン》〉の背の上で、レオニスは眼前の光景を睨《にら》み据えた。
広大な〈精霊の森〉の上空に——
黒い極点が浮かんでいる。

虚空《こくう》に浮かんだその極点から、真っ黒な汚泥がとめどなく流れ落ちていた。

森を呑《の》み込《こ》み、大地を喰《く》らい、怒濤《どとう》の如《ごと》く押し寄せる闇の汚泥。

その正体は、蠢《うごめ》く虚無の化け物の集合体だ。

ロゼリアは彼に告げた。

あの黒い極点は、この世界に〈虚無〉を呼び込む、門にして鍵。

七〇〇年前に、世界の半分を呑み込んだ、〈ヴォイド・ゴッド〉なのだと。

そして、その核となった存在こそ――

〈六英雄〉の〈剣聖〉――シャダルク・シン・イグニス。

あの日、〈勇者〉レオニスを見出《みいだ》した男だ。

(因果なものだ。人類の守護者と讃《たた》えられた貴様が、世界を滅ぼす厄災となるとは――)

レオニスは胸中で皮肉った。

そして今、人類に敵対する〈魔王〉が、その厄災を滅ぼそうとしている。

――それもまた、皮肉めいた因果だ。

飛翔《ひしょう》する〈屍骨竜《スカル・ドラゴン》〉の首に掴《つか》まりつつ、レオニスは頭上に視線を向けた。

両翼を広げたドラゴンが、真下に巨大な影を落としている。

グオオオオオオオオオオッ！

ドラゴンの咆哮《ほうこう》が、大気を震わせた。

閃光《せんこう》が膨れ上がり、空一面が真っ赤な炎に呑み込まれた。
灼熱《しやくねつ》の熱閃《ねつせん》が、虚空に浮かぶ黒い極点めがけて放たれる。
「……っ！」
レオニスは咄嗟《とつさ》に身をかがめ、爆風から身を守る。
岩山を一瞬で溶かす、〈竜王〉――ヴェイラ・ドラゴン・ロードの熱閃。
――しかし。虚空の極点には、なんの変化も現れない。
「ヴェイラ、生半可な攻撃は無駄だぞ」
レオニスは頭上を飛ぶ〈竜王〉に呼びかけた。
『――わかってるわ。今のはちょっとした挨拶がわりよ』
ヴェイラが念話で返してくる。
「挨拶か。あの〈竜王〉が、礼儀正しくなったものだ」
呆《あき》れて呟《つぶや》くと、レオニスは〈屍骨竜〉の上で身を起こし、
（……それにしても、あの熱閃の直撃でびくともしないとは）
挨拶代わり、などと嘯《うそぶ》いてはいるが、今のはそれなりに本気の攻撃だったはずだ。
それがまったく通用しないとなると――
虚空の極点を睨《にら》み、〈不死者の魔王〉から取り戻した〈封罪の魔杖《まじよう》〉を握りしめる。
杖《つえ》に封印された〈魔剣〉――ダーインスレイヴは使えない。

〈ヴォイド・ゴッド〉の核となったシャダルクは、〈魔王〉の一人、〈鬼神王〉ディゾルフ=ゾーアをその身に取り込んでいるのだ。

〈女神〉の誓約により、同じ〈魔王〉に対して、〈魔剣〉を抜くことはできない。

〈今の俺の破壊魔術なら、いけるか……？〉

もう一人の〈不死者の魔王〉が滅びたことにより、レオニスの肉体には、全盛期の魔力が戻りつつある。

——とはいえ、身体《からだ》のほうはまだ十歳の子供のままだ。

不用意に最高位の魔術を唱えれば、暴走する魔力によって、肉体が崩壊しかねない。

〈……しかし、躊躇《ちゅうちょ》している時間もあるまい〉

ふと、レオニスは背後に視線を向けた。

〈魔将軍〉に昇格したリーセリアは、虚無の軍勢を足止めしているはずだ。

彼女には〈影の王国《レルム・オヴ・シャドウ》〉に眠る〈不死者の軍団〉を貸し与えたが、無限に押し寄せる虚無の汚泥は、長く押しとどめられるものではないだろう。

あれが〈第〇七戦術都市《セヴンス・アサルト・ガーデン》〉と〈帝都〉に到達し、〈ヴォイド・ゴッド〉が〈聖剣〉を取り込めば——

〈……〈門〉が完全に開き、真の〈虚無〉がこの世界に呼び込まれる〉

——遠い宙《そら》の果てで。

星々を呑《の》み込《こ》み、神々を滅ぼした、究極の災厄が――
「ヴェイラ、飽和攻撃だ。同時に最大級の攻撃を叩《たた》き込むぞ！」
〈屍骨竜《スカル・ドラゴン》〉の角に掴《つか》まりつつ、レオニスは魔杖《まじょう》を構えた。
『――わかったわ！』
ヴェイラが高度を落とし、並んで旋回する。
〈封罪の魔杖〉の宝球が、眩《まばゆ》い輝きを放った。
膨大な魔力が吹き荒れ、〈屍骨竜〉の骨の一部が剥《は》がれ落ちる。
（おお、懐かしい。これほどのものだったか、我が魔力は……！）
全身を駆け巡る、高揚感。
暴れ狂う魔力が、レオニスの体内を駆け巡る。
体中の神経が、火花を散らすような感覚。
しかし、やはり器である肉体のほうには限界があるようだ。
（……っ、これ以上は、肉体がもたぬか――）
魔杖を握りしめ、呪文の維持に全神経を集中する。
膨れ上がった魔力を魔杖の先に収斂《しゅうれん》し、呪文に乗せて一気に解き放った。
「第十階梯《かいてい》魔術――〈極大抹消咒《メルド・ガイズ》〉！」
虚空《こくう》に出現した魔力の球体が一瞬で膨張し、〈ヴォイド・ゴッド〉を呑み込む。

ほぼ同時。ヴェイラも〈竜語魔術〉を詠唱した。

『──〈覇竜魔光烈砲《ディ・アルグ・ドラグレイ》〉！』

白銀の閃光《せんこう》が空を裂き、虚空《こくう》の極点を貫く。

ズオオオオオオオオオオオオンッ！

世界が、白く染まった。

二人の〈魔王〉の力が相互に干渉し合い、破壊の嵐が吹き荒れる。

『──やったわ！』

ヴィエラが咆哮《ほうこう》を上げた。

「いや、まだだ……！」

〈屍骨竜《スカル・ドラゴン》〉の角を掴《つか》みつつ、レオニスははるか前方を睨《にら》み据えた。

ドクン、ドクン──と。

まるで心臓のように収縮を繰り返す、〈ヴォイド・ゴッド〉。

さすがに、幾分かの損傷は与えたようだが、吐き出した〈虚無〉の汚泥を喰《く》らい、再生をはじめているようだ。

「……あとひと押しが足りない、か」

苛立《いらだ》たしげに歯噛《はが》みした、その時──

「──では、そのひと押し、私に任せて貰《もら》おうか」

と、澄んだ声が聞こえた。

「……!?」

トン、と〈屍骨竜〉の翼の上に降り立ったのは――

紫水晶《アメジスト》の髪をなびかせた、海妖精族《シー・スプライト》の王女。

「――リヴァイズ!?」

レオニスが眼《め》を見開く。

〈海王〉――リヴァイズ・ディープ・シーだ。

『あら、遅かったわね』

「汝《なんじ》が速すぎるのだ、〈竜王〉よ。ようやく追い付けたぞ」

リヴァイズが肩をすくめると、前方の〈ヴォイド・ゴッド〉に眼を遣《や》った。

地上に流れ落ちた〈虚無〉が逆流し、損傷した箇所を修復しつつある。

「レオニスよ。あれは、どう見ても破壊したほうがいい存在だな」

「ああ。俺の世界を蝕《むしば》む、虚無の根源だ」

『ちょっと、レオ！　なに勝手に俺の世界とか言ってるのよ！』

「〈魔王〉のくせに、細かいことを気にするではないか」

『……～っ、な、なんですって！』

「喧嘩《けんか》してる場合か。このままでは、また再生してしまうぞ」

リヴァイズが両手を天に伸ばし、呪文を詠唱しはじめた。

『ふん、やるわよ、レオニス──』

「ああ──」

ヴェイラとレオニスも、同時に呪文を唱える。

『覇竜の咆哮《ほうこう》、万物を滅し、灰と為《な》せ──〈覇竜魔光烈砲《ディ・アルグ・ドラグレイ》〉！』

「灼熱《しゃくねつ》の闇よ、葬送の光よ──第十階梯《かいてい》魔術〈闇獄爆裂光《アルザム》〉！」

「眠れる氷王の魔槍《まそう》よ、我が敵の心臓を貫け──第十階梯魔術〈氷王光魔槍《ヒュベル・メゼキス》〉！」

〈魔王〉三人の唱える極大魔術が──

鼓動する〈ヴォイド・ゴッド〉の中心に収斂《しゅうれん》する。

──と、その瞬間。

（……な、に!?）

〈ヴォイド・ゴッド〉の胎動が止まった。

否《いな》。周囲のすべてが運動を停止した。

吹き荒れる風も、逆流する虚無の汚泥も、極大魔術の閃光《せんこう》さえも──

まるで、世界が凍りついたように。

そして──

虚空《こくう》の極点が、内側から破裂した。

◆

「漆黒の暴帝——ブラックス・ヴァルカーク。我が盟友、レオニス・デス・マグナスの求めに応じ、馳《は》せ参じた」

礼服に身を包んだその青年は——

凶暴に輝く黄金色の眼《め》で、眼前の司祭を睨《にら》み据えた。

「ブラッカス……さん？」

と、青年の背中に、リーセリアが声をかける。

その名前は、たしか——

「……ひょっとして、レオ君のお友達《ともだち》の——」

「ああ——」

青年は振り向かず、短く答えた。

「黒鉄《くろがね》モフモフ丸？」

「あ、ああ……」

と、今度はわずかに肩を落として頷《うなず》く。

……なにがどうなっているか、理解が追いつかないけれど。

どうやら、この青年の正体は、あの黒い狼《おおかみ》で間違いないようだ。

「ブ、ブラッカス様、元のお姿に戻られたのですね！」

背後のシャーリが驚きの声を上げた。

「うむ。俺に呪いをかけた〈影の女王〉は、マグナス殿が滅ぼした」

頷《うなず》くブラッカス。

「そして今、〈影の王国《レルム・オヴ・シャドウ》〉には、マグナス殿の絶大な魔力が満ち溢《あふ》れている。おそらく、あの〈不死者の魔王〉を滅ぼしたことで、マグナス殿に本来の魔力が戻りつつあるのだろう。その魔力の一部を糧にして、この姿に戻ることができた――」

言って、ブラッカスは両手の拳をすっと構えた。

素手を武器とする拳法家のような構えだ。

鋭い視線の先にあるのは、聖服に身を包んだ白髪の司祭。

ヒトの姿をした〈ヴォイド・ロード〉――ネファケス・レイザード。

……否《いな》。その男は、リーセリアの知る名前とは違う、別の名を名乗った。

〈六英雄〉の〈大魔導師〉――ディールーダ、と。

「くく、これはこれは……」

〈虚無〉の瘴気《しょうき》に満ちた森の中に司祭の含み笑いが響く。

「〈不死者の魔王〉の腹心――〈漆黒の暴帝《ブラック・タイラント》〉。〈不死者の魔王〉と共に行動しているかと思いましたが、あなたが、〈女神〉の魂の守護者でしたか——」

「……！」

司祭の発したその言葉に、リーセリアは息を呑《の》んだ。

（やっぱり、ロゼリアさんのことを知ってる……）

〈第〇四戦術都市《フォース・アサルト・ガーデン》〉でネファケスを滅ぼしたのは、リーセリアと一体化したロゼリアだ。

（ということは、彼と同じ姿をしたこの司祭は、記憶を共有している……？）

……一体、この男は何者なのか？

と——

「〈六英雄〉の〈大魔導師〉、とほざいたな」

ブラッカスが口を開く。

「俺の知るディールーダは、老人の姿をしていたはずだが？」

「ああ、それは一〇〇〇年前のヒトであった頃の姿ですね。あの頃は若かった」

「……肉体を乗り換えたというわけか」

「——まあ、そんなところです」

肩をすくめ、司祭はなにか呪文を唱えた。

魔力の光が生じ、ブラッカスに切り落とされた片腕が元通りに再生する。

「〈漆黒の暴帝〉——ブラッカス・ヴァルカーク・シャドウプリンス。戦場でのお噂《うわさ》は、かねがね聞いていますよ。その牙は、あの〈大賢者〉の首をも脅かしたとか」

「――噂《うわさ》が本当か、試してみるか？」

ブラッカスが低く唸《うな》った。

「ふふ、いいでしょう――」

刹那。ブラッカスの姿が消えた。

次の瞬間。破裂するような音がして、ディールーダが吹き飛んだ。

「……っ!?」

司祭の身体《からだ》は地面の上を何度も跳ね、〈虚無〉の汚泥の中に叩《たた》き込まれる。

（ぜ、ぜんぜん見えなかった……）

リーセリアが眼《め》を見張る。

吸血鬼の〈魔眼〉でも、ブラッカスの姿を追うことは出来なかった。

「おおおおおおおっ！」

タッと地を蹴って、跳躍。

〈虚無〉の汚泥に沈み込んだディールーダめがけて追撃を放つ。

「――〈影牙破炎拳《えいがはえんけん》〉！」

その拳に生まれた影の炎が解き放たれる。

ゴオオオオオオオオッ！

泥の中から生まれつつある〈ヴォイド〉ごと、ディールーダを呑《の》み込《こ》んだ。

「ブラッカス様っ、す、すごいです！」

シャーリが快哉《かいさい》の声を上げる。

「──シャーリ」

「は、はい──」

燃え盛る影の炎を見据えたまま、ブラッカスは言った。

「奴《やつ》は俺が狩る。お前はマグナス殿の眷属《けんぞく》を護衛し、ここを離脱しろ」

「……!? で、ですが、ブラッカス様──」

「さすがに、この程度で倒せるほど甘くはないだろう。〈六英雄〉よ」

と、影の炎の向こうに呼びかけると──

「く、くく、く……なるほど。言うだけのことはあるようですね」

哄笑《こうしよう》が響き渡り、燃え盛る炎は一瞬で吹き散らされた。

「……っ!?」

リーセリアとシャーリは眼を見開く。

現れた、その姿は──

……無傷。

否《いな》、傷どころか、純白の聖服には煤《すす》ひとつついていない。

魔術を使って咄嗟《とっさ》に防御したのか……？

（けど、最初の拳の一撃はたしかに……）

リーセリアは訝《いぶか》しむ。

……何も変わっていないその姿は、あまりに不可解だ。

「ブラッカスさん、私も一緒に戦います。あの人、なにかおかしい――」

〈誓約の魔血剣《ブラッディ・ソード》〉を構え、前に出ようとするリーセリア。

しかし、ブラッカスは首を横に振り、

「いや、奴《やつ》の狙いはあなたのようだ。ここは俺が足止めしよう」

「……あなた一人で？　でも――」

「――シャーリ！」

と、ブラッカスは背後に叫んだ。

「彼女を頼んだ」

「か、かしこまりましたっ！」

「……～っ、な、なに!?」

突然、シャーリが飛びかかり、リーセリアの身体《からだ》を地面に押し倒した。

そのまま、リーセリアの身体を影の中に沈める。

「ふわあっ、なにするの!?」

「暴れないでください――」

「逃がしませんよ――〈聖光縛鎖《ラグ・シエルグ》〉」

ディールーダが咄嗟に呪文を唱え、リーセリアめがけて光の鎖を放つが、

「おおおおおおおおっ！」

ブラッカスが咆哮《ほうこう》し、光の鎖を素手で掴《つか》み取った。

じゅっと肉の焦げる音。

〈漆黒の暴帝《ブラック・タイラント》〉が獰猛《どうもう》に嗤《わら》い、光の鎖を握り潰す。

「――貴様の相手は俺だ、〈六英雄〉」

◆

――帝国標準時間一七〇〇《ヒトナナマルマル》。

第十八小隊の乗る戦術航空機は、本来の到着予定時間より一時間も早く、〈第〇七戦術都市《セヴンス・アサルト・ガーデン》〉のエアポートに着陸した。

「どうにか、無事に戻れましたね――」

強風になびく髪を押さえつつ、レギーナがタラップを降りる。

雲の垂れ込める灰色の空。

見上げた視線の先にあるのは、〈聖剣学院〉の中枢――中央統制塔だ。

「機体にずいぶん無理をさせてしまったわ。オーバーホールが必要ね」

言いつつ、エルフィーネが戦術航空機を振りかえる。

これほど早く帰還することができたのは、シュベルトライテが機体と一体化し、戦術航空機の限界速度を超えて飛行させたからだ。

空中分解こそしなかったものの、機体は悲鳴を上げているに違いない。

そのシュベルトライテは、到着と同時にスリープモードに入ってしまった。

見つかると面倒なので、とりあえず、小型のコンテナの中に格納してある。

「先輩、これから、どうする？」

と、咲耶《さくや》が尋ねた。

「とりあえず、〈執行部〉に帰還報告をしないとですね……」

その時、レギーナの通信端末に着信が入った。

「セリアお嬢様⁉」

あわてて確認するが、発信元は〈管理局〉だった。

「はい、〈聖剣学院〉所属、第十八小隊、レギーナ・メルセデスです」

「〈管理局〉のラナ・ドーラです。現在の〈第〇七戦術都市《セヴンス・アサルト・ガーデン》〉の状況を報告します」

「あ、お願いします」

端末をスピーカーに切り替えると、咲耶とエルフィーネも顔を近付ける。

「――およそ四時間前、〈帝都〉の情報解析部隊が、〈帝都〉の二〇〇キロル南西にある〈精霊の森〉にて〈ヴォイド〉の反応を探知しました。規模は不明ですが、少なくとも先日の〈大狂騒《スタンピード》〉を遥《はる》かに超える規模です」

オペレーターの声音には、焦《あせ》りの色が窺《うかが》えた。

「〈ヴォイド〉の大群はしばらく停止していましたが、三十分ほど前に移動を開始しました。現在、規模を増大しつつ〈第〇七戦術都市〉に接近しつつあります」

「これまでの〈大狂騒〉とは、様相が違うようね」

エルフィーネが呟《つぶや》く。

たしかに、〈ヴォイド〉は突然、空間の裂け目より現れるのが常だった。

〈精霊の森〉にはこれまで、超大型の〈巣《ハイヴ》〉が確認されたこともない。

「〈ヴォイド〉の到達予想時刻は？」

「〈管理局〉の試算では、およそ一時間後かと」

オペレーターの回答に、レギーナは息を呑《の》む。

「現在、〈第〇七戦術都市〉は第一種戦闘形態に移行。市民のほとんどはシェルターへの避難を完了しています。また、〈聖剣学院〉に所属する各部隊は担当エリアに展開中。第十八小隊は、教官の指示を待ってください」

「──わかりました」

「それでは通信を終了します。ご武運を」

端末をしまうと、レギーナは嘆息した。

「……思った以上に、切羽詰まった状況みたいですね」

〈ヴォイド〉の到達まで、あと一時間。

〈聖剣学院〉に所属する、実戦経験の豊富な部隊は、そのほとんどが〈第〇四戦術都市《フォース・アサルト・ガーデン》〉の奪還作戦に赴いてしまっている。

（それに……）

と、レギーナは視線を上げ、空の彼方《かなた》に目を遣《や》った。

気がかりなのは、戦術航空機から飛び降りた、レオニスとリーセリアのことだ。

たぶん、あの二人は〈精霊の森〉へ向かったのだろう。

レオニスが常識外れの力を秘めていることは知っているが、しかし──

（やっぱり、止めるべきでしたかね……）

たった二人で、〈ヴォイド〉の大群相手になにをするつもりなのだろう……？

「とりあえず、指示があるまでは自由ってことでいいのかな」

と、咲耶《さくや》が訊《たず》ねてくる。

「自由というか、待機ですけどね」

「私は〈執行部〉に報告しに行きますけど、お二人はどうします？」

本当は寮に戻ってシャワーでも浴びたいところだが、そうもいかない。先に帰還した第十八小隊は、〈第〇四戦術都市〉の作戦に関して報告をする義務がある。

「ボクは一度〈オールド・タウン〉に戻るよ。お風呂に入りたいし」

〈オールド・タウン〉は、〈桜蘭《おうらん》〉の民の集まる居住地区だ。

咲耶のお爺《じい》ちゃん（？）のことが心配なのだろう。

「わかりました。フィーネ先輩は？」

「わたしは——もうすぐ、迎えが来ると思うわ」

「お迎え？」

レギーナが訊《き》き返した、その時。

「やっほー、フィーネちゃん♪」

「ふえっ!?」

目の前の空間がぐにゃりと歪《ゆが》み——

突然、真っ赤な四輪ヴィークルが姿を現した。

「なっ、なんです!?」

レギーナが唖然《あぜん》としていると、

ヴィークルのウィンドーが開き、サングラスをした美女が顔を出した。

「お待たせ。ハイウェイが空《す》いててよかったわ」

「姉さん、びっくりするでしょ」

と、エルフィーネが眉根を寄せてたしなめる。

「怒らないでよ。フィーネちゃんのために飛ばして来たんだから」

ヴィークルを運転する美女がサングラスを外した。

「……クロヴィアさん？」

エルフィーネの姉のクロヴィア・フィレットだ。

たしか、彼女の〈聖剣〉の能力は、存在感を完全に消すというもの。直前までヴィークルのモーター音さえ聞こえなかったのは、〈聖剣〉の力なのだろう。

「ここに着陸する前に、姉さんに連絡しておいたの」

エルフィーネがレギーナのほうを振り返る。

「わたしも立ち寄るところがあるから、あとで合流しましょう」

「わかりました。あの、どこへ？」

「──ちょっと、決着を付けに、ね」

エルフィーネは呟《つぶや》くと、ヴィークルのトランクを開けた。

「姉さん、小型のツールボックスを一個積める？」

「ん？　大丈夫だけど――」

「よかった。ちょっと、荷物を取ってくるわね」

と、彼女は戦術航空機のほうへ足を向ける。

「それじゃ、ボクも行くよ」

咲耶《さくや》はひらひらと手を振ると、その手に〈雷切丸《らいきりまる》〉を呼びだした。

タッ、と地面を蹴ると――

紫色の雷火が爆《は》ぜ、その姿が一瞬で消える。

〈雷切丸〉の〈加速〉の権能だ。

本来、市街での〈聖剣〉の使用には許可が必要だが、今は見とがめられるような状況でもないだろう。

彼女の場合、ヴィークルなどで移動するより、よほど速い。

「……さて、わたしも報告に行きますかね」

レギーナは呟くと、〈聖剣学院〉のタワーを目指して歩き出した。

◆

――帝国標準時間一六〇〇《ヒトロクマルマル》。

帝都〈キャメロット〉行政府──〈グラン・カセドラル〉。

「──ただいま参りました。皇帝陛下」

〈人類統合帝国〉皇帝──アルゼウス・レイ・オルティリーゼの執務室に現れたのは、軍服姿の青年だった。

帝弟アレクシオス。

現皇帝の実弟にして、帝国騎士団の情報将校である。

「……来たか。アレクシオスよ」

アルゼウスは人払いをして、執務室には二人だけになった。

「陛下……」

床に跪《ひざまず》き、臣下の礼をとろうとする弟を、皇帝は手で制した。

「よい。ここは謁見の場ではない」

アレクシオスはわずかに顔を上げ、兄の顔を見た。

やはり、疲労の色が濃い。

（……無理もない。〈帝都〉存亡の危機が、こうも立て続けに起きてはな）

〈聖剣剣舞祭〉の最中に発生した、〈ヴォイド〉の〈大狂騒《スタンピード》〉。

〈帝都〉上空の大亀裂の出現。エリュシオン学院の集団失踪事件。

虚無に呑《の》み込《こ》まれ、魔都と化した──〈第〇四戦術都市《フォース・アサルト・ガーデン》〉。

──そして、今。

この〈帝都〉に、〈ヴォイド〉の海が押し寄せようとしているのだ。

現皇帝である兄に押《の》しかかる重圧は、アレクシオスの比ではあるまい。

……それでも、直言しなければなるまい。

アレクシオスは彼の目をじっと見据え、口を開いた。

「──帝国議会は、〈帝都〉の退避を決定したと聞きました」

「ああ、そうだ」

と、皇帝は疲労の滲《にじ》んだ声で頷《うなず》いた。

「決定はすでに、〈帝都〉の各機関に通達されている」

「〈第〇七戦術都市《セヴンス・アサルト・ガーデン》〉を、見捨てるのですか」

「……そうだ」

わずかな躊躇《ちゅうちょ》のあと、皇帝は重々しく答えた。

「〈第〇七戦術都市〉には、〈帝都〉が退避する時間を稼いでもらう」

「……っ！」

アレクシオスは奥歯を噛《か》んだ。

現在、〈帝都〉と〈第〇七戦術都市〉は連結状態にあるが、その連結を解除し、〈帝都〉を安全な海域へ移動させる、という方策が議会によって緊急決定されたのだ。

帝都〈キャメロット〉は、最も巨大な〈戦術都市〉であり、抱える人口も他の〈戦術都市〉と比べて桁違いだ。

〈キャメロット〉の陥落は、人類という種の滅亡を意味する。

〈無論、それは理解しているが……〉

帝国議会の決定は合理的なものだ。

〈キャメロット〉の移動速度は、その巨大さゆえ、他の〈戦術都市〉に比して最も遅い。

〈第〇七戦術都市《セヴンス・アサルト・ガーデン》〉が盾となり、時間を稼がなければ、押し寄せる〈ヴォイド〉の海に呑《の》み込《こ》まれ、六年前の〈第〇三戦術都市《サード・アサルト・ガーデン》〉と同じ道をたどるだろう。

「〈帝国騎士団〉の戦力の三分の二を〈第〇七戦術都市〉の防衛に回す。また、一般市民は時間の許す限り、〈帝都〉に避難できるよう手配する」

「避難できる市民は、ごく少数でしょうね」

アレクシオスは声を震わせた。

「……そうだな。これは欺瞞《ぎまん》だ」

認めて、アルゼウスは深いため息を吐《つ》く。

〈ヴォイド〉の海——〈大海嘯《しょう》〉の予想到達時間は、百二十分後。

混乱の中、〈第〇七戦術都市〉の市民が避難するのはまず不可能だ。

また、強力な〈聖剣〉を有する〈帝国騎士団〉の精鋭戦力は、現在、〈第〇四戦術都市《フォース・アサルト・ガーデン》〉

の奪還作戦に加わっており、最前線の経験がある部隊はごくわずか。

それは、〈聖剣学院〉も同様だ。

魔導艦〈ハイペリオン〉には至急の帰還命令が出ているが、合流するには、少なくとも二十時間はかかるだろう。

防衛戦をするにしても、戦力が圧倒的に足りない。

あまりに絶望的な状況。

人類に唯一、希望があるとすれば、それは――

「やはり、〈魔王〉は、現れぬか」

「――はい」

縋《すが》るように問う皇帝に、アレクシオスは力なく首を振った。

帝国議会の中に突如現れ、人類に圧倒的な力を見せつけた〈魔王〉。

アレクシオスは、〈人類統合帝国〉の同盟者となった〈魔王〉との交渉役だ。

しかし、いまだ彼との連絡は途絶えたままだった。

「報告によれば、〈魔王〉は〈エンディミオン〉と共に消息を断ったと」

「……そうか」

皇帝はわずかな失望の声を漏らした。

あの〈魔王〉の力を目《ま》のあたりにすれば、希望を抱いてしまうの無理はない。

（〈魔王〉の仲間らしき連中は呼び出せたが……）
と、アレクシオスは胸中で呟《つぶや》く。
数十分前。彼は投光器を使い、〈魔王〉を呼び出す緊急のサインを空に投影した。
しかし、現れたのは、あの仮面の〈魔王〉ではなかった。
浮世離れした美貌を持つ二人の美少女と、獣人族の戦士だ。
（あの三人も、凄《すさ》まじい力を持っているようだったが……）
あの三人は、いったいどこへ姿を消したのか。あるいは、人類を守って欲しいという、
アレクシオスの嘆願に応じてくれたのだろうか――？
（……希望的観測すぎるかな、それは）
そんな不確実な可能性に、人類の未来を賭けるわけにはいかない。
「ですが、陛下――」
と、アレクシオスは顔を上げた。
「わたしは〈魔王〉との交渉役です。彼の帰還に備え、ここに残りましょう」
「……」
アルゼウスは眼《め》を見開く。
……それは、すでに決めていたことだった。
皇帝は〈人類統合帝国〉の象徴にして、対〈ヴォイド〉の最高司令官だ。

彼は絶対に、〈帝都〉を離れるわけにはいかない。

しかし、アレクシオスは違う。

――運命を〈第〇七戦術都市《セヴンス・アサルト・ガーデン》〉と共にする。

そう、心に決めていた。

「陛下――いえ、兄上。ここでお別れです」

「……アレクシオス」

アルゼウスは喉の奥で唸《うな》った。

「わたしに止める資格はない。それが、お前の意志ならば」

痩せ細った指先で、アレクシオスの手を強く握りしめる。

その手を握り返し、アレクシオスは笑った。

「まあ、死地と決まったわけではありません。〈聖剣学院〉を擁する〈第〇七戦術都市〉は、二度にわたる〈大狂騒《スタンピード》〉を退けていますからね」

「……ああ、そうだな」

アルゼウスは頷《うなず》くと――

ひと差し指に着けた指輪をそっと外し、アレクシオスに握らせた。

「これは……？」

「王家の指輪だ。これを渡してほしい者がいる」

「……？」

「私の人生で、最も後悔していることがある」

アルゼウスは窓の外へ眼《め》を向けた。

夕暮れの空に輝く〈凶星〉を見据えて、言葉を続ける。

「虚無を呼び込むといわれる、あの不吉の星。〈凶星〉の顕《あらわ》れた日に生まれた王家の子供は、その存在を抹消しなければならない」

「……存じています」

彼が何の話をしているのか、アレクシオスは思い当たった。

〈ロスト・クイーン〉――王家のあらゆる記録から存在を抹消された、第三王女。

彼女が現在、〈第〇七戦術都市《セヴンス・アサルト・ガーデン》〉で生活していることは、彼も耳にしていた。

（……たしか、エドワルド公爵の娘と同じ小隊だったか）

〈聖剣剣舞祭〉にも出場し、目覚ましい活躍をしていた。

「あのとき、わたしは誤った選択をした。罪滅ぼしなど、今さら口にするのもおこがましいが、せめて、その指輪を彼女に渡してほしい」

「――承りました、陛下」

アレクシオスは頷《うなず》いた。

「必ず、届けます」

「感謝する。それともう一つ、お前に託すものがある」

言って、アルゼウスは執務机の上のファイルを手渡した。

「これは……？」

「アレクシオス・レイ・オルティリーゼ」

「は──」

「お前を、本日付で〈アルビオン〉の司令官に任命する」

「……〈アルビオン〉？」

アレクシオスは眼を見張った。

「あれは、試験段階のはずでは──」

「すでに試験は完了している。出力はまだ安定しないが、起動は可能だ。〈帝国議会〉の承認は取り付けてある。貴殿なら運用することができるだろう」

「大変、ありがたい餞別《せんべつ》です、陛下。しかし──」

と、アレクシオスは言いよどんだ。

「〈アルビオン〉は、〈ハイペリオン〉と同じ〈精霊統制機関〉を搭載しています。アルティリア様がいなければ、本来の能力を発揮できないのでは──」

言いかけて、ふと気付く。

「……まさか!?」

「アルティリアと同じ精霊使いの力——賭けてみる価値はあるだろう」

アレクシオスは、手にした王家の指輪に目を落とした。

第二章　ディールーダ・ワイズマン

Demon's Sword Master of Excalibur School

「はあああああああっ！」

精一杯の気勢を上げ、少年が剣を振り下ろした。

訓練用の模擬剣ではない。

ログナス王国騎士団の上級騎士に支給される、魔鉄鋼の剣だ。

魔力の燐光《りんこう》を放つその刃《やいば》は、しかし、跳ね上げた拳であっけなく弾《はじ》かれる。

「……っ!?」

「――いい太刀《たち》筋だ。しかし――」

少年の上半身めがけ、シャダルクは容赦のない蹴撃を放った。

少年の身体《からだ》は勢いよく跳ね上がり、訓練場の石畳に落下する。

「かっ……はっ――！」

「あまりに素直すぎる剣撃だ」

と、声をかけつつ、大の字に倒れた少年に手を差し伸べる。

「ず、ずるいですよ、シャダルク師……」

いてて、と苦痛に顔を歪《ゆが》め、レオニスはどうにか半身を起こした。

「剣の稽古なのに、蹴るなんて」

「〈魔王軍〉の連中に、騎士道精神を求めるのはお門違いだぞ」

「そ、それは……まあ、そうですね」

レオニスはふて腐れるように呟《つぶや》いた。

立ち上がり、再び剣を構える。

「次からは、油断しないようにします」

「ふむ……」

蹴り飛ばされてなお、剣を手放さなかったことは褒めていいだろう。

なにしろ、彼はまだ身体《からだ》も完成していない、七歳の少年なのだ。

「剣を習ったことは、ないと言ったな」

「……？　は、はい」

問われ、レオニスはこくっと頷《うなず》く。

……嘘《うそ》ではないだろう。数ケ月《かげつ》前まで、彼はただの戦災孤児だったのだ。

しかし、それにしては、剣術の基礎ができているように感じる。

（……それもログナス王国流の剣術ではない。より洗練された、異国の剣術だ）

〈剣王〉と呼ばれた彼が、知らない剣術の型。

なぜ、少年はそんなものを身につけているのだろうか――？

「あ、あの、じつは……」

と、少年は躊躇《ためら》いがちに口を開いた。

「たまに夢を見るんです」

「……夢？」

シャダルクは思わず、眉を顰《ひそ》めた。

「えっと、夢の中で、銀髪の、すごく綺麗《きれい》なお姉さんが剣の稽古をしてくれるんです。目を覚ましたときは、お姉さんの顔も、あんまり覚えていないんですけど——」

「……夢か」

シャダルクは嘆息した。

……真面目《まじめ》に取り合うような話ではない。

やはり、生まれ持っての剣の才。

英雄の星の生まれ、ということなのだろう。

（……十年も育てれば、〈魔王〉を倒す力を持つ勇者になるだろうな）

目の前の少年を見下ろしつつ、胸中で呟く。

◆

——勇者レオニスが〈魔王〉ゾール＝ヴァディスを倒す、三年前のことだ。

ズオオオオオオオンッ！

——〈竜王〉、〈海王〉、〈不死者の魔王〉。

三人の〈魔王〉が同時に放った極大魔術が、〈ヴォイド・ゴッド〉を直撃した。

その一瞬。世界が凍りついたように停止して——

虚無の極点《ヴォイド・ゴッド》が——破裂した。

（……なっ⁉）

視界が真っ黒に塗り潰される。

破裂した極点が一気に膨張し、半径数キロルの範囲を呑《の》み込《こ》んだのだ。

なにか一瞬、水の中に潜るような感覚が、レオニスの全身を襲った。

掴《つか》んでいた〈屍骨竜《スカル・ドラゴン》〉の角が塵《ちり》となって消滅し、身体《からだ》が宙に投げ出される。

「……っ、〈重力球《ル・ヴィラ》〉！」

落下の途中で、あわてて重力魔術を唱え、ふわりと地面に着地する。

指先に、硬い土の感触があった。

「……な、なんだ？　一体、なにが……」

呻《うめ》きつつ、〈封罪の魔杖《まじょう》〉の尖端《せんたん》に魔力の光を灯《とも》す。

と——

レオニスの目の前には、先ほどまでとはまったく違う光景が広がっていた。
無数の岩の屹立《きつりつ》する、荒れ果てた大地。
レオニスが真っ先に思い当たったのは――
（……〈虚無世界〉か？）
何度かおとずれた、〈ヴォイド〉の世界に転移した可能性だった。
しかし――
（……いや、違う）
頭上に視線をやり、すぐに結論付ける。
天を覆うのは、〈虚無世界〉の血のように赤い空ではない。
ただ、吸い込まれそうな無窮の闇があるばかりだ。
（それに、この荒野は……――）
と、レオニスが何かを思い出しかけた、その時。
「……どうやら、我等《われら》はあの極点の中に取り込まれたようだな」
水の羽衣を纏《まと》った少女が、レオニスの隣に降り立った。
「リヴァイズ……」
レオニスは振り向いて、
「ここが、〈ヴォイド・ゴッド〉の中だというのか？」

「ああ。あれが破裂したときに、取り込まれたのであろうよ」

リヴァイズは落ち着き払って頷《うなず》いた。

「まあ、そんなところか……」

レオニスは嘆息し、肩をすくめた。

……たしかに、この状況はそう解釈するのが妥当だろう。

あの小さな球体の中には、無限の空間が圧縮されていたらしい。

「ちょっと、レオ、これはどういうこと!?」

ドゴオッと、巨大な岩塊を蹴り砕いて――

今度は、炎のように赤い髪の少女が姿を現した。

人間形態に変身したヴェイラだ。

「俺たちの極大魔術は〈ヴォイド・ゴッド〉に致命的な損傷を与えたらしい。その損傷を補うために、あたりのものすべてを呑《の》み込《こ》んだのだろうな」

と、レオニスが答える。

どれほどの広さまで呑み込んだのかは、不明だが。

〈魔王〉三人を胎《はら》の中に収めた時点で、膨張は止まったはずだ。

「……はあ？　どうするのよ、これって壊せる感じなの？」

「さて、どうだろうな――」

と、レオニスは〈封罪の魔杖《まじよう》〉を真上に向けて、

「――〈爆裂魔光弾《ブラス・ファルガ》〉！」

第六階梯《かいてい》の破壊の魔術を放つ。

頭上に放たれた爆裂球は、真っ黒な無窮の闇に消えた。

「――内側から破壊するのは、難しいだろうな」

第十階梯の極大魔術でも、結果は同じだろう。

あるいは、先ほどのように、〈魔王〉三人の同時飽和攻撃によって空間を不安定化すれば、抜け出すことは可能かもしれないが――

結果、この極点が、更に外の世界を呑み込むことにもなりかねない。

「それより、もっといい方法がありそうだ」

レオニスは不敵に嗤《わら》うと、地平の彼方《かなた》に視線を移した。

「この〈ヴォイド・ゴッド〉の根源を、破壊すればいい」

「根源……？」

眉をひそめるヴェイラに、レオニスは問いかける。

「ヴェイラよ、この荒野に見覚えはないか？」

「……？　なに言ってるの？　こんな場所、知らないわよ」

「いや、知っているはずだ。お前も共に戦ったのだからな」

レオニスは前に進み出て、杖《つえ》の柄で地面を叩《たた》いた。

「ここは、俺たち〈魔王軍〉と〈六英雄〉の間で最大の戦いの行われた戦場。〈ログナス王国〉北方――ラス・オルザンデ辺境の荒野だ」

「……あ！　ああ、あー……あそこね！」

大仰な身振りで、こくこく頷《うなず》くヴェイラ。

「……その反応、絶対覚えてないだろ」

レオニスは呆《あき》れ顔で呟《つぶや》くと、屹立《きつりつ》する岩塊に手を触れた。

巨大な岩塊の並ぶ、不毛の荒野。

ここは間違いなく、一〇〇〇年前のあの戦場だ。

ヴェイラは〈魔竜山脈〉のドラゴンと共に、〈龍神《りゅうじん》〉ギスアークと空で戦い、レオニスは〈不死者の軍団〉を率い、〈剣聖〉の指揮する王国連合軍と戦った。

およそ、七日間にわたる激しい戦の結末は――

（……まあ、痛み分け、といったところか）

レオニスは四度殺され、シャダルクは片方の〈神眼〉を永久に失った。

それが、〈不死者の魔王〉と〈剣聖〉が直接対峙《たいじ》した、最後の戦いだ。

「ふむ。レオニスよ、なぜ一〇〇〇年前の戦場がここに？」

「それは――」

訊《たず》ねるリヴァイズに答えようとした、その時だ。
■■■■■■■■■■ッ――!
彼方《かなた》で、世界を引き裂くような凄《すさ》まじい咆哮《ほうこう》が上がった。

「あれは!?」

ヴェイラが眼《め》を見開く。

「奴《やつ》め、俺たちの存在に気付いたようだな」

「……奴?」

「――ああ、〈虚無〉を取り込み、〈ヴォイド・ゴッド〉の核となった英雄のなれの果て」

はるか地平の果てを睨《にら》み据え、レオニスは言った。

「〈剣聖〉――シャダルク・シン・イグニスだ」

◆

「ん、んぐ……ぷはぁっ!」

シャーリに手を引かれ、リーセリアは影の中から飛び出した。

「も、もうっ、急になにするのっ?」

頰《ほお》を膨らませ、シャーリに抗議する。

「申し訳ありません。ブラッカス様のご命令でしたので」

しれっと形ばかりの謝罪をするシャーリ。

「……モフモフ丸さん、一人で大丈夫なの？」

リーセリアが心配そうに訊《たず》ねると、

「ブラッカス様はお強いですよ。少なくとも、あなたよりは」

シャーリはぴしゃりと言った。

「戦場では、魔王様と共に戦う戦友でした」

「……そうなんだ」

……咲耶《さくや》に餌付けされている姿しか見たことがないため、想像しにくいけれど。

「あの司祭は、ロゼリア様の魂を狙っているようでした。器であるあなたがあの場に残れば、ブラッカス様の足手まといになったことでしょう」

「そ、そっか……」

「まあ、それは私も同じことですけどね」

しゅんと落ち込むリーセリアを、珍しくフォローするシャーリ。

「……そういえば、ここはどこなの？」

リーセリアは立ち上がり、あたりを見回した。

〈精霊の森〉を見下ろす、荒野の丘のようだ。

背後を振り返れば、遠くに〈第〇七戦術都市《セヴンス・アサルト・ガーデン》〉の姿がわずかに目視できる。

「〈精霊の森〉の外れです。複数の〈影の回廊〉を経由したので、そう容易《たやす》くは追ってこられないでしょう――」

シャーリは〈精霊の森〉のほうをじっと見据えた。

〈虚無〉の汚泥は、押し寄せる津波のように森を呑《の》み込《こ》んでいる。

「眷属《けんぞく》の娘。魔王様のご命令は、覚えていますね？」

「――うん」

リーセリアはしっかりと頷《うなず》く。

『――僕のかわりに、〈王国〉を守ってください』

『〈第〇七戦術都市〉と〈帝都〉を。僕があの〈虚無〉の極点を破壊するまで、〈ヴォイド〉の軍勢をくい止めてください』

――そう言って。

彼はリーセリアに〈不死者の軍団〉を任せてくれたのだ。

「この丘を最終防衛線として、侵攻を食い止めましょう」

「――ええ」

リーセリアは〈聖剣〉を抜き放ち、刃《やいば》を頭上に振りかざした。

日の沈みかけた宵闇の中。〈誓約の魔血剣《ブラッディ・ソード》〉の刃が美しく輝く。

足もとの影が一気に広がり、その中から、無数の〈不死者の軍団〉が姿を現した。

◆

（……眷属《けんぞく》の娘は、無事に退避したようだな）

背後に一瞬だけ視線を送り、ブラッカスは胸中で呟《つぶや》いた。

〈影の回廊〉を経由して、森の外まで移動したのだろう。

レオニスの〈王国〉を守るのは、あの娘と〈不死者の軍団〉に任せるしかない。

「――無駄なことを」

〈六英雄〉の魔導師が嘲笑《あざわら》った。

「虚無の〈門〉は、すでに生まれ落ちたのだ。抗《あらが》ったところで、この世界が消滅するまでの時間が、ほんの少し伸びるだけでしょうに」

「……それはどうかな」

言って、ブラッカスは拳を構えた。

「堕《お》ちた英雄よ。貴様は〈魔王〉の本質を知らぬようだ」

「人狼《じんろう》風情が、なにをのたまうかと思えば――」

ディールーダの足もとの汚泥が、奇怪な〈ヴォイド〉に変化した。

「〈魔王〉は、我ら〈六英雄〉の前に滅び去ったではありませんか――」

「〈魔王〉が敗れたのは、〈六英雄〉にではない。マグナス殿はそう言っていた」

「なに？」

「〈魔王〉は、あくまで人類という種の団結によって敗れたのだ」

「世迷《よま》い言《ごと》を――！」

ディールーダが手をかざした。
■■■■■■■■■■ッ――！
蠢《うごめ》く〈ヴォイド〉の化け物が一斉に咆哮《ほうこう》し、ブラッカスめがけて殺到する。

「影拳術《えいけんじゅつ》――〈影牙狼炎掌《えいがろうえんしょう》〉！」

ブラッカスは地を蹴った。

影の炎を纏《まと》う拳が、蛇型〈ヴォイド〉の頭部を一撃で粉砕。

その胴体を乱暴に引き裂き、一直線にディールーダに肉薄する。

「――っ、〈神聖障壁《イリーズ・ラス》〉！」

咄嗟《とっさ》に、ディールーダの生み出した光の障壁が、放たれた拳の一撃を阻んだ。

「魔導の技はたいしたものだが――」

――と、
ブラッカスの姿が溶けるように消えた。

次の瞬間。斜めに伸びたディールーダの影から、再び姿を現す。

「魔術が貴様の専売とは思わぬことだ」

「……っ!?」

呪文を唱える隙を与えず、その喉笛を掴《つか》み上げる。

「ひとつ、教えてやろう。マグナス殿に影の魔術を教えたのは、この俺だ」

「ぐ、お……おおおおっ……!」

ディールーダが指先を震わせ、虚空《こくう》に魔法陣を召喚する。

——が、ブラッカスは容赦なく、掴んだ喉笛を握り潰した。

首の骨が砕け、頭部を失った胴体が地面に落ちる。

鮮血がほとばしり、純白の聖服を赤く濡《ぬ》らした。

たった今、滅ぼした〈六英雄〉の遺体を見下ろして——

（……おかしい）

ブラッカスは違和感を覚える。

（これが、本当にあの〈六英雄〉なのか?）

……あまりに弱すぎる。

たしかに、ブラッカスは魔術師殺しのエキスパートだが。

これほどまでに、手応えがないものだろうか……?

「ディールーダは、あの〈海王〉と相打ちになったと聞くが——」

以前、〈大賢者〉アラキール・デグラジオスと対峙《たいじ》した時のような圧倒的な力を、この司祭からは露ほども感じない。

——と。

「ふ、ふふふ、ふ……——なぁんてねぇ」

足もとに転がったディールーダの胴体が、どろりと溶けた。

「……っ!?」

「ああ、勿体《もったい》ない。端末がひとつ潰れてしまいました」

森の中に響く、司祭の声。

ブラッカスが背後を振り返ると——

そこに、聖服の司祭がたたずんでいた。

「……分身体。魔術の幻影か」

ブラッカスは苦々しく唸《うな》った。

では、最初に〈虚無〉の汚泥に沈めたのも、分身体だったのか——?

「幻影？　違いますよ。そんな不完全なものではありません」

嘲るように、ひと差し指を振るディールーダ。

「これは、わたしが丹精込めて生み出した端末。〈女神〉の知識と、人類のテクノロジーを応用して作り上げた、完璧な魂の器です」

「……なんだと？」

「古来より、魔導の世界では〈人造人間《ホムンクルス》〉などというものが作られていましたが、あれは乗り換えるたびに魂が劣化してしまう、器としては甚だ不完全なものでした。しかしぃ、一〇〇〇年の時を経て復活してみれば、なんと〈女神〉の声による知識を得た人類が、より高度に進化した〈人造人間〉を生み出しているではありませんか」

ディールーダは大仰に両手をひろげて見せた。

「器が壊されれば、また次の器に魂を移し替える。〈不死者の魔王〉などより、よほど完全な不死というわけです」

「……くだらん手品の種明かしを、よく喋《しゃべ》る奴《やつ》だ」

ブラッカスは吐き捨て、静かに拳を構えた。

「その端末とやらを、すべて壊せばいいのだろう？」

「……くく、そうですね。出来るものなら」

ディールーダは嘲笑《あざわら》った。

「――ストックしてあるわたしの器は、ほんの一万体ほどですが」

◆

〈執行部〉に立ち寄り、〈第〇四戦術都市《フォース・アサルト・ガーデン》〉での報告を済ませたレギーナは、〈フレースヴエルグ寮〉のある女子寮区画へ戻って来た。

（……ふう、面倒なことは訊《き》かれなくて助かりました）

報告を求められたのは、主に各部隊の損害の様子だった。

〈第〇七戦術都市《セヴンス・アサルト・ガーデン》〉での戦いのことを、詳細に訊かれたら、あの謎のメイド少女のことや、エルフィーネのことを誤魔化《ごまか》す必要がある。

もっとも、この〈第〇七戦術都市〉が危機に瀕《ひん》しているこの状況で、そんな報告をこと細かに聞いている場合でもないのだろうが。

（セリアお嬢様、連絡はつきませんね……）

何度も端末を確認するが、やはり、返事はない。今すぐにでもヴィークルで駆け付けたいところだが、現在、戦術都市の外に出ることは禁止されている。

ゆるやかなスロープを上っていくと、寮の屋根が見えてくる。

屋根の上に集まるカラスにも、最近は慣れてきた。

（そういえば、セリアお嬢様の菜園、ほったらかしで大丈夫ですかね……）

と、そんな心配をしていると――

「……ん？」

ふと異変に気付いて、レギーナは足を止める。

〈フレースヴェルグ寮〉の門の前に、大型の六輪ヴィークルが停車していた。

（……あれは、騎士団所属の特殊車両？）

主に都市外に〈聖剣士〉を輸送する目的で使用される車両である。

〈聖剣学院〉の敷地内を、戦闘車両が走るのは日常的な光景だ。まして今は非常事態なのだから、学院の〈聖剣士〉を輸送していても何の疑問もない。

しかし、〈フレースヴェルグ寮〉の前で停車しているのは、不可解だった。

今、あの寮には誰もいないのだから。

（強いて言えば、少年のお友達《ともだち》の骸骨さんたちがいますけど……）

訝《いぶか》りつつ、寮のほうへ歩いて行くと――

車両のドアが開き、中から軍服姿の騎士が姿を現した。

「――レギーナ・メルセデス様ですね」

と、騎士の青年が丁寧に頭を下げてくる。

「は、はい。わたしになにかご用ですかね？」

レギーナは平静を装って返事をする。

脳裏をよぎったのは、エルフィーネのことだ。

〈大狂騒《スタンピード》〉の最中、行方《ゆくえ》をくらました、ディンフロード・フィレットの娘。

彼女のことで、なにか取り調べを受けるのだろうか。

(んー、どーしますかね……)

拒むことは出来ない。どう誤魔化《ごまか》そうか考えていると、

「──すまない、乗ってくれ。時間がないんだ」

と、車両の中から声が聞こえた。

自身の手でドアを開けたのは、二十代後半の青年だった。

「……え?」

レギーナは翡翠《ひすい》色の眼《め》を瞬かせる。

その顔には、見覚えがあった。

〈帝都〉の重要な式典などで、アルティリア王女のそばにいる姿を、ニュースサイトなどで何度か見かけたことがある。

「ア、アレクシオス帝弟殿下!?」

「……ああ。初めまして、だね」

「はあ……」

と、思わず、間の抜けた返事をしてしまう。

アレクシオス・レイ・オルティリーゼ──現皇帝の実弟。

本来であれば、レギーナの叔父にあたる人物だ。

（な、なんで帝弟殿下が？）

レギーナは心の中で警戒を強める。

王家に関連のある人物が、彼女に何の要件があるというのだろう。

「あー、そう警戒しないでほしいんだが、まあ、無理もないか……」

アレクシオスはやれやれと肩をすくめた。

「申し訳ないけど、本当に時間がないんだ。一緒に来て欲しい」

「え、えーっと、寮でシャワーを浴びてからじゃ、だめ……ですよね？」

「悪いが、事態は切迫しているんだ――」

彼は首を振ると、レギーナの翡翠《ひすい》色の眼《め》をまっすぐに見据え、
そして、耳を疑うような言葉を口にした。

「人類を救うために、君の力が必要なんだ、レ、レ、レギーナ・レ、レイ・オ、オルティ、ティリーゼ」

――と。

◆

第〇七戦術都市《セヴンス・アサルト・ガーデン》――〈オールド・タウン〉。
九年前に滅亡した、〈桜蘭《おうらん》〉の民の生き残りが集まるコミュニティだ。

「ふっ——！」

呼気を放ち、密集する瓦屋根の上を、軽々と飛び越えて——

咲耶《さくや》はひときわ大きな屋敷の庭に降り立った。

浄水機能のある人工樹ではなく、自然の樹木を移植した本物の庭園だ。

見慣れた景色を眺めつつ、庭園の裏にまわると、

「雷翁《らいおう》、いるかい？」

裏庭に面した縁側のほうに声をかけた。

シェルターへの避難指示は出ているが、雷翁がここを離れるとは思えない。

「さ、咲耶様——！」

と、返事は別の方角から聞こえてきた。

「影華《えいか》……」

振り向くと、表口のほうから、着物姿の少女があわてて駆けてくる。

〈桜蘭〉の隠密《おんみつ》機関、〈叢雲《むらくも》〉に所属する中忍だ。

「お戻りになっていたのですね」

影華は咲耶の前に跪《ひざまず》き、恭しく頭を垂れる。

「ああ、ほんのさっきだよ。雷翁は？」

「雷翁様は奥《おく》の間におられます」

言って、影華《えいか》は嘆息した。

「〈桜蘭《おうらん》〉の民と一緒に、シェルターに避難するよう申し上げたのですが、ここを守るのが、筆頭家臣たる自分の役目だと言い張って――」

「そうだろうね。ボクのほうで、説得してみるよ」

「そうしてくださると助かります」

影華は困ったような表情で、また頭を下げた。

縁側に上がり、勝手知ったる屋敷の中を歩いてゆく。

「雷翁《らいおう》、入るよ――」

声をかけ、奥《おく》のふすまを開けると、

「……っ、ひ、姫様⁉」

白髪頭の老人は、頭を逆さにして倒立していた。

「……なにをしてるの？」

「虚無の化け物を討つための、策を練っておりました」

答えると、雷翁はくるっと回転し、通常の正座の姿勢に戻った。

「そう。なにかいい策は浮かんだ？」

「は、やはりこの身を賭して、化け物と刺し違えるしか――」

「命は大事にしてよ」

咲耶《さくや》は雷翁の前に座った。

「雷翁までいなくなったら、ボクは悲しい」

「もったいなき御言葉《おことば》です、姫様」

雷翁はすっと頭を下げた。

「お早いお戻りでしたな」

「ああ、いろいろあってね。他の部隊より、ひと足先に帰還したんだ」

雷翁は顔を上げ、咲耶の顔をまじまじと見つめた。

「しばらく見ぬうちに、また成長なされましたな」

「しばらくって、この前会ったばかりじゃない？」

〈第〇四戦術都市《フォース・アサルト・ガーデン》〉の任務に向かう前に、咲耶は屋敷を訪れている。

「ふむ、そうでしたな。しかし、出立なされる前とは、やはり違います」

「……そう」

咲耶はわずかに微笑《ほほえ》んだ。

変わった——といえば、心当たりはある。

姉の刹羅《せつら》との別れ。そして、彼女の残してくれた言葉。

〈叢雲《むらくも》〉の長である、雷翁の観察眼は本物だ。

もしかすると、咲耶に託された、刹羅の魂を感じ取ったのかもしれない。

「──雷翁《らいおう》。筆頭家臣である君に、話しておくことがある」

と、咲耶《さくや》は切り出した。

制服の懐から、そっと小さな袋を取り出してみせる。

「それは……」

「姉様の遺灰だよ」

「なんと!?」

雷翁がわずかに眼《め》を見開く。

「姉様は、最後にボクを救ってくれたんだ」

咲耶は話した。不死の吸血鬼となった、刹羅《せつら》の最期《さいご》を。

〈第〇四戦術都市《フォース・アサルト・ガーデン》〉で、〈魔剣〉の化け物から咲耶を守って力果て──

故郷〈桜蘭《おうらん》〉の地で、風に言葉を残して消えた。

「刹羅様……」

雷翁は手を差し出し、遺灰を恭しく受け取った。

「祖先の霊廟《れいびょう》に入れてあげて。安らかに眠れるように」

「かしこまりました。そのようにいたしましょう」

「頼んだよ──」

静かに立ち上がり、立ち去ろうとすると、

「姫様――」

雷翁が背中に声をかけた。

「戦に赴かれるのですね」

「――うん」

振り向かずに、頷《うなず》く。

「〈叢雲《むらくも》〉は、ここで〈桜蘭〉の民を守ってあげて」

〈叢雲〉の隠密《おんみつ》は、ある程度の戦闘の心得はあるが、あくまで諜報《ちょうほう》機関に過ぎない。

〈ヴォイド〉と戦えるのは、〈聖剣〉の使い手だけだ。

（〈剣鬼衆《けんきしゅう》〉がいてくれれば、頼もしかったんだけどね……）

口を噤《つぐ》んだ雷翁は、やがて唸《うな》るように声を発した。

「わかりました。我ら一門、命を賭して民を守りましょう」

◆

スポーツ仕様のヴィークルが、制限速度を無視してハイウェイを疾走する。

〈第〇七戦術都市《セヴンス・アサルト・ガーデン》〉は第一種戦闘形態に移行しているため、許可を得た車両以外は通行を禁止されている。

「んー、気持ちいいわね。貸し切り状態」

「姉さん、飛ばしすぎよ――」

アクセルを踏み込む姉を、エルフィーネはたしなめた。

上級研究官のパスがあれば通行は自由だが、今は許可を取っている時間は無い。

二人の乗るヴィークルが、フリーパス状態でハイウェイを走っているのは、クロヴィア・フィレットの〈聖剣〉――〈愛しき指輪《スニーク・リング》〉の権能の力のおかげだった。

彼女が〈聖剣〉を起動している間、自身を含めた半径三メルト以内の存在は、人の眼《め》はもちろん、あらゆる魔導機器、センサーにも一切検知できなくなる。

その力は〈ヴォイド〉に対しても有効だ。

「なかなか便利な〈聖剣〉でしょ?」

と、薬指に視線を落としつつ言う、クロヴィア。

効果範囲は任意で決められるため、エルフィーネには彼女の姿が見えている。

「けど、わたしは父には期待されていなかった」

「……」

「〈ヴォイド〉との戦いにはたいして役にたたない、四等級の〈聖剣〉。フィレットの役員にも陰口をたたかれて、子供の頃はずっとコンプレックスだった」

「フィンゼル兄さんも、同じことを言っていたわ――」

フィンゼル・フィレット。

フィレットの家に生まれながら、上位の〈聖剣〉を宿すことができなかった兄は、〈魔《D.》剣計画《project》〉に手を染め、〈ヴォイド〉の怪物と成り果てた。

「フィンゼルは、フィーネちゃんが？」

「ええ。私が殺した——」

「そう……」

エルフィーネは唇を噛《か》み締める。

『お前にはわかるまい。〈聖剣〉の力に祝福されたお前にはなあああ——』

怪物となった兄が彼女に吐き捨てた、呪いの言葉。

兄もまた、ディンフロードの妄執の犠牲者だったのかもしれない。

そんな彼を、彼女は容赦なく、圧倒的な〈聖剣〉の力によって滅ぼした。

「フィンゼルは〈魔剣計画〉を主導し、すでに多くの犠牲者を出していた」

「……ええ」

〈魔剣計画〉の情報をエルフィーネに流したのは、クロヴィアだ。

計画にディンフロードとフィンゼルが関わっていることは、把握していた。

「——ごめんなさい」

ぽつり、とクロヴィアは呟《つぶや》く。

「わたしが負うべき責務だったのに。あなたの手を汚してしまった」

「違うわ、姉さん。わたしの罪を彼の血で贖《あがな》っただけ」

エルフィーネは静かに首を振った。

「──そして、贖いはまだ、終わっていない」

◆

「──着いたわ」

ハイウェイを降りて、二十分。

人の気配のないゲートの前で、クロヴィアはヴィークルを停車させた。

〈第〇七戦術都市《セヴンス・アサルト・ガーデン》〉第Ⅲエリア──〈第〇七研究棟〉。

以前、エルフィーネが囚《とら》われの身となっていた、フィレットの研究施設だ。

ゲートは修復されているが、施設の外壁は破壊され、廃墟《はいきょ》のようになっている。

破壊したのは、エルフィーネを救出しに来たリーセリアたちだ。

「……行きましょう。あまり時間がないわ」

大型のショルダーバッグを肩にかけ、エルフィーネはヴィークルを降りる。

「この廃墟になにがあるの？」

静まり返った研究施設を見上げ、クロヴィアは尋ねた。

「ここは、〈第〇七戦術都市〉における、〈魔剣計画《D.project》〉の中枢だった——」

エルフィーネは掌に〈天眼の宝珠《アイ・オヴ・ザ・ウイッチ》〉を呼び出した。

宝珠の表面に光の文字が現れ、ゲートのロックを解除する。

敷地内に入るが、人の気配はまったくない。

施設のフロアは、完膚なきまでに破壊されていた。

頑強なコンクリートの壁には大穴が空いている。

レギーナが〈猛竜砲火《ドラグ・ハウル》〉を撃ち込み、戦闘車両で突っ込んだらしい。

「……あいかわらず、無《む》茶《ちゃ》をするわね」

ふっと微笑して、エルフィーネは中に足を進める。

通路には警備用の戦闘兵器の残骸が、そこかしこに転がっていた。

「……どこへ行くの？」

「この研究所の中央官制室。昇降機は……動いてないわね」

日中でも真っ暗な通路を〈天眼〉の光で照らしつつ、非常階段を上る。

無人の廃墟に、二人の硬い靴音が響く。

「ディンフロードは、〈ヴォイド〉と取り引きをしていたわ」

「……!?」

後ろを歩くクロヴィアが、ハッとするのが気配で知れた。

「知性を有した強大な〈ヴォイド・ロード〉――〈使徒《アポストル》〉と呼ばれる存在。

彼らはフィレットに、〈人造精霊《アーティフィシャル・エレメンタル》〉や〈アストラル・ガーデン〉に関する高度な魔導技術を提供し、見返りに〈魔剣計画《D.project》〉への協力を求めた」

「――〈魔剣計画〉に、〈ヴォイド〉が関わっていた?」

姉も、その事実までは知らなかったようだ。

――知り得るはずがない。〈魔剣計画〉に直接関わったフィレットの研究者たちでさえ、知らなかったに違いない。

彼らは純粋に、〈ヴォイド〉に抗しうる力を求めて、計画に携わっていた。

エルフィーネがそれを知ることができたのは、〈魔剣〉の女王としての人格を上書きされたときに、〈魔剣計画〉に関する、すべての知識と記憶を得たからだ。

〈魔剣計画〉――〈聖剣〉の属性を反転させ、〈ヴォイド〉への贄《にえ》とし、この世界に〈虚無世界〉のゲートを開く計画。

半年前の〈ハイペリオン〉のテロ、〈聖剣剣舞祭〉で発生した〈大狂騒《スタンピード》〉、そして、〈第〇四戦術都市《フォース・アサルト・ガーデン》〉の暴走はすべて、その計画の一部だった。

〈使徒〉と呼ばれる〈ヴォイド・ロード〉は、〈人類教会〉を隠《かく》れ蓑《みの》にして、フィレットに援助を行っていた。最初に父に接触したのは、ネファケスという名の司祭だ。

「……信じられないわ。人類の敵である〈ヴォイド〉と、取り引きなんて——」

「——そうね。だけど、真実よ」

階段を上りながら、エルフィーネは応える。

「ディンフロードは、一体なんのために、そんなことを——」

「父は、母との再会を望んでいたわ」

〈人造精霊〉の実験中に、虚無に呑《の》まれたフィリア・フィレット。

彼はただ、彼女に会いたかった。

その望みを叶えるために、この世界に虚無を招来しようとしていたのだ。

——……。


最上階のひとつ下の階で、エルフィーネは足を止めた。

扉のロックを解除し、中央官制室に続く通路を歩く。

この研究施設の中でも、最も破壊の度合いが大きい。

ここは、〈魔剣の女王〉となった彼女が、リーセリアと戦いを繰り広げた場所だった。

その時の記憶はほとんどないが、胸が疼《うず》くように。

（この場所で、わたしはセリアとレギーナを傷付けた……）

瓦礫《がれき》の上で立ち止まると、二機の〈天眼の宝珠《アイ・オヴ・ザ・ウイッチ》〉で周囲を探査する。

——と、すぐに目的のものは発見できた。

フィレットの固有ネットワークに接続する端末だ。

「ここでいいわね――」

エルフィーネはその場に屈《かが》み込み、ショルダーバッグを降ろした。取り出したのは、〈アストラル・ガーデン〉に接続する専用のヘッドセット型端末だ。

「フィーネちゃん、なにをするつもり？」

クロヴィアが訊《たず》ねてくる。

「フィレットの〈アストラル・ガーデン〉に接続するわ」

瓦礫《がれき》の上に座ると、ヘッドセットを装着した。

「フィーネちゃんなら、外の端末からでも侵入できるんじゃないの？」

「ガーデンに侵入するだけなら、可能だけれど――」

と、エルフィーネは端末を〈天眼の宝珠《アイ・オヴ・ザ・ウイッチ》〉に接続する。

「――彼女は、外の世界から切り離された、一番深い場所にいるはずだから」

◆

――帝国標準時間一七〇〇《ヒトナナマルマル》。

〈第〇四戦術都市《フォース・アサルト・ガーデン》〉のポートを出航した魔導艦〈ハイペリオン〉は、〈第〇七戦術都市《セヴンス・アサルト・ガーデン》〉

に向けて、最大速度で航行していた。

「あと、どのくらいで到達しますか？」

メインブリッジの司令席。精霊〈カーバンクル〉を抱えたアルティリア王女が、側近の騎士に尋ねた。

「――は、到達予測時間は、十七時間後かと」

「そうですか……」

唇を噛《か》み、〈カーバンクル〉をきゅっと抱きしめる。

もう何度目かの質問だったが、到達時間が短くなることはない。

帝都〈キャメロット〉から、救援の要請を受けたのが、三時間前。

〈第〇四戦術都市〉で作戦行動中だった精鋭部隊を戻し、出航したのが一時間前だ。

護衛の艦隊は周囲に一隻もいない。

王家の精霊の力を利用する、〈ハイペリオン〉の最大速度には、従来の艦が追従することはできないのだ。

この艦が帰還するまで、〈第〇七戦術都市〉は持ち堪《こた》えられるだろうか。

〈ヴォイド〉に関する詳細な情報はまだ入っていないが、作戦行動中の〈ハイペリオン〉を呼び戻すということは、かなり切迫した状況だと予測できる。

「アルティリア……」

と、王女の肩に、優しく手が触れた。

「お姉様……」

振り向くと、姉のシャトレスが見下ろしていた。

「不安に思う気持ちはわかるが、あまり気を急《せ》くな。心が不安定になれば、〈カーバンクル〉のパフォーマンスにも影響する」

「……はい」

頷《うなず》いて、アルティリアは〈カーバンクル〉との交信に集中する。実際、魔導機関の出力が、ほんのわずかに低下していたようだ。

シャトレスは続けて、監視オペレーターに声をかける。

「〈ヴォイド〉の暗礁に呑《の》まれぬよう、警戒を怠るな」

「は――」

「お姉様、怪我《けが》のほうは大丈夫ですか？」

「ああ。治癒の〈聖剣〉で、傷は治して貰《もら》ったよ」

気遣わしげな妹に、シャトレスは心配するな、と頷く。

彼女は負傷しながらも最前線で〈ヴォイド〉との戦いを指揮し続けたのだ。

「それにしても、危惧していたことが現実になってしまったな……」

〈帝都〉と〈第〇七戦術都市《セヴンス・アサルト・ガーデン》〉の戦力の半分が、〈第〇四戦術都市《フォース・アサルト・ガーデン》〉の奪還作戦に従事している状況で、〈ヴォイド〉の大侵攻が発生してしまった。

シャトレスをはじめとする精鋭は、〈帝都〉にほとんど残っていないのだ。

〈ハイペリオン〉が間に合ったとして、戦況を覆《くつがえ》せるかどうかは、わからない。

シャトレスが取り纏《まと》め、この艦に乗せた〈聖剣士〉は、百二十四人。

中には〈ヴォイド〉との戦いで負傷している者もいる。

制圧した〈第〇四戦術都市〉にも、ある程度の戦力は残しておかなければならない。

〈ヴォイド〉の〈巣《ハイヴ》〉は壊滅したが、残存勢力を完全に掃討したわけではない。

市民の救出活動にも、〈聖剣士〉の力は必要だろう。

「せめて、〈エンディミオン〉が健在であれば――」

姉妹艦〈エンディミオン〉は消息を断ったままだ。

「今は、わたしたちに出来る最善を尽くすしかないな」

「……はい」

頷いて、アルティリアは水平線の彼方《かなた》を見据えた。

◆

ザパアアアアアアアアアアアアッ――！

巨大な鋼鉄の塊が、海面を斬り裂くように姿を現した。

破損した艦橋。前方に突き出した特徴的な衝角。

〈帝国〉からレオニスに引き渡された魔導艦〈エンディミオン〉である。

〈次元城〉の崩壊に巻き込まれ、〈第〇四戦術都市《フォース・アサルト・ガーデン》〉付近の海底に沈んでいたのだ。

しかし、幸運なことに、この艦の乗組員は人間ではなく、レオニスの生み出した、不死のスケルトン兵だった。

魔力のある限り死ぬことはなく、主人の命令を実行し続ける。

そんなわけで、レオニスの魔道具を搭載することによって飛行能力を付与された〈エンディミオン〉は半壊した状態で浮上したのである。

……とはいえ、レオニスはすでにここにはいない。

スケルトン兵はそのまま、新たな命令を待ち、待機状態に入った。

最新鋭の魔導艦は、幽霊船のように海上を漂い続けた。

――と、しばらくして。

〈エンディミオン〉の甲板上に、人影が降り立った。

文字通り、人のような形をした、真っ黒な影である。

シャーリの中から解放された、〈魔神〉ラクシャーサだ。

「――ふむ、レオニスの船か。これはよい」

人影は甲板のスケルトン兵を見回し、満足そうに呟《つぶや》いた。

そして、傲岸不遜に宣言する。

「今から、この船は私のものだ」

第三章　魔女と熾天使《セラフイム》

──聖神暦四二三年。〈ログナス王国〉の首都ウル＝シュカールにて、勇者レオニス＝シェアルトの国葬は盛大に行われた。

〈魔王〉ゾール＝ヴァディスを倒した少年の棺《ひつぎ》は、王宮前の広場に置かれ、勇者の死を悲しんだ大勢の民が花を手向けに訪れた。

「──欺瞞《ぎまん》だな」

広場に集まった群衆を見下ろしながら、シャダルクは呟《つぶや》く。

棺の中身が空であることを、彼は知っていた。

辺境での魔物討伐の任務中、強大な魔族に不意を打たれたのだという。

……無論、そんな報告を信じてはいない。

油断していたにせよ、彼が魔族ごときに討ち取られるはずもない。

容易《たやす》く返り討ちにできたはずだ。

おそらくは、誘い込まれた時点で、すでに察していたのだろう。

彼は戦いに倦《う》み疲れ、世界に絶望していたのだ。

だとすれば、勇者を殺したのは──

人間への絶望、なのだろう。

（……レオニス。お前は、〈英雄〉であるには、純粋すぎたのだろうな）

幾分の自嘲も含ませて、彼は呟く。

暗殺の下手人には、ある程度の目星がついていた。

手引きしたのは、王国の貴族連中だろう。

レオニスは、これまでにも幾度となく命を狙われている。

〈魔王〉を滅ぼした〈勇者〉という存在は、彼らにとって都合が悪かったに違いない。

それでも、彼がほかの英雄のように、如才なく立ち回れる者であればよかった。

しかし、〈魔王〉の滅びた後も、彼は民のために世界に跋扈《ばっこ》する魔物を倒し続けた。

統制の効かない英雄ほど、恐ろしいものはあるまい。

「――坊や、可哀想《かわいそう》に」

――と、背後で女の声がした。

振り向く。純白の聖衣に身を包んだ淑女が、憂いをたたえた表情で佇《たたず》んでいた。

「……ティアレス」

〈六英雄〉の一人――〈聖女〉ティアレス＝リザレクティア。

彼女はレオニスの葬儀を執り行うため、王宮に召喚されていた。

「遺体さえあれば、わたくしの力で甦《よみがえ》らせることもできたでしょうに。彼のそばにいられなかったことが、本当に悔やまれます」

――それが、彼女の本心なのかどうか。

シャダルクに知るよしはない。

〈聖女〉の力で甦《よみがえ》った死者は、彼女の支配する眷属《けんぞく》となる。あわよくば、〈勇者〉を自身のものに、という計算があったとしてもおかしくはない。

〈大魔導師〉ディールーダも、彼の遺体が消えたことを惜しんでいたが、こちらの心中は簡単に察せられた。類《たぐ》い希《まれ》な力を持つ〈勇者〉の肉体は、魔術を極めんとする彼にとって、格好の研究材料になるだろう。

（……食えぬ連中だ）

表情には出さずに、胸中で呟《つぶや》く。

彼が信を置けるのは、〈龍神《りゅうじん》〉と〈大賢者〉だけだ。

（それにしても……）

シャダルクは再び、バルコニーの下に視線を落とした。

（……消えたレオニスの遺体は、誰が持ち去ったのか）

勇者の遺体の消失は、手を下した者たちにとっても、予想外だったに違いない。

（おおかた、魔物にでも始末させるつもりだったのだろうが……）

何者かが、持ち去ったのは間違いない。

空の棺《ひつぎ》を見下ろすその胸中に、なにか言い知れぬ不安がよぎった。

◆

「――シャダルク？　〈六英雄〉の〈剣聖〉だと!?」

リヴァイズが珍しく、狼狽《ろうばい》した声を上げた。

「ああ、そうだ。奴《やつ》は〈虚無〉を取り込み、この〈門〉の核となった」

無限の荒野の彼方《かなた》――

三人の〈魔王〉の見据える先に、それは姿を現した。

無数の武器に貫かれた、不定形の巨大な肉塊。

様々な魔物の特徴を備えた部位が、表面で不気味に蠢動《しゅんどう》している。

〈虚無〉の瘴気《しょうき》を吐き出し、互いを喰《く》らい合う。

まるで地獄を体現したような、魔性の群れ。

「あたしたちが戦った時よりも、なんかすごいことになってるわね」

ヴェイラが腕組みして呟く。

三人は以前、〈虚無世界〉で〈ヴォイド〉と化したシャダルクと交戦した。

あの時はまだ、英雄の姿はかろうじてとどめていたはずだ。

「この無限の蠱毒《こどく》の中で、〈虚無〉を喰《く》らい続けたのだろうな――」

と、レオニスは口の中で呟《つぶや》く。

――ラス・オルザンデの荒野。〈虚無〉の極点の中に生み出されたこの場所は、奴《やつ》の記憶の中にある、戦場の心象風景が、具現化したものなのだろう。

この無限の戦場で、あの英雄は、醒《さ》めることのない夢を見続けている。

（……まったく、救い難《がた》い愚か者だ。あなたという人は――）

ふと、レオニスの脳裏に、在りし日々の記憶がよぎった。

あの日。雨の降りしきる路地裏で、差し出された手。

王宮の訓練場で、初めて剣を持つことを許された時の、誇らしい胸の高鳴り。

（……感傷だと？　くだらん――）

レオニスは自嘲し、胸中で首を振る。

化け物に堕《お》ちた英雄の姿に、ほんのわずかな哀れみを覚えただけだ。

「――レオニス。あれを滅ぼせば、この極点は消滅するってことよね？」

両手の拳を打ちつけながら、ヴェイラが前に進み出る。

「ああ、そのはずだ――」

「――では、是非もないな」

リヴァイズがヴェイラの隣に並び立った。

「どのみち、奴はわたしたちを取り込もうとしているのだ。戦いは避けられまい」

「そうね。ところで、リヴァイズ？　ひとつ気になることがあるんだけど——」

と、ヴェイラが振り返って訊《たず》ねようとした、刹那。
■■■■■■■■■■■■ッ——！
シャダルク・ヴォイド・ゴッドが咆哮《ほうこう》する。

「……っ、来るぞ——」

レオニスが鋭く叫んだ。

「——凍える永遠の氷壁よ、〈魔霊氷鏡《ヒユベル・ミラ》〉！」

リヴァイズが両手で印を組み、防御魔術を高速詠唱。

眼前に、魔氷の障壁が展開される。

ズオオオオオオオオオオッ——！

視界が、白く染まった。

厚さ二十メルトはある魔氷の障壁が、瞬《またた》く間に熔《と》けていく。

「……っ、なんという、凄《すさ》まじい熱量だ——」

印を組むリヴァイズの額から、冷や汗が滴《したた》り落ちる。

閃光《せんこう》が魔氷を貫通する、その直前——

「——我が手に宿れ、竜鱗《りゆうりん》の盾よ！」

ヴェイラの召喚魔術が完成した。

虚空《こくう》に出現した魔法陣より呼び出されたのは、無数の竜の鱗《うろこ》。

重なり合った竜鱗《りゅうりん》が、一枚の巨大な盾となって閃光《せんこう》を弾《はじ》く。

「く……うっ……！」

剥《は》がされ、吹き散らされる鱗の盾。

——が、強力な対魔術の特性を持つ竜の鱗だ。

魔氷の障壁を貫通し、威力の減衰した閃光は花火のように宙へ弾かれた。

ズオンッ、ズオンッ、ズオオオオオオオオンッ！

散乱した閃光が着弾。荒野に無数の火柱が上がる。

「……これだけの鱗を一瞬で……化け物め——！」

ヴェイラが唸《うな》るように悪態を吐《つ》く。

いま彼女が使ったのは、〈魔竜山脈〉の戦士たちの忘れ形見だ。

その半数が今の一撃で砕かれた。

「——反撃だ。同時に叩《たた》くぞ」

「ああ——」

「やってやるわよ！」

燃え立つ火柱に照らされた荒野を、三人の〈魔王〉が奔《はし》った。

◆

「おおおおおおおおっ！」

ブラッカス・シャドウプリンスの咆哮《ほうこう》が、森を震わせた。

黒焔を纏《まと》う爪が、司祭の頭部を粉砕する。

粉々になった肉片が、〈虚無〉の汚泥に呑《の》まれて消えた。

――しかし。

「無駄ですよ。物わかりの悪い人狼《じんろう》ですねぇ」

背後に聞こえる、涼しげな声。

〈虚無〉の汚泥が膨れ上がり、ずるり、と人型に変化する。

汚泥の中から、染み一つ無い、純白の聖服に身を包んだ魔導師が姿を現した。

「……」

……途中で数えるのはやめたが、もう数十体は倒したはずだ。

「ちなみに、わたしの〈擬体〉のバックアップは、あと九千九百七十六体です。頑張って破壊してみてくださいね」

両手を広げ、嘲笑するディールーダ。

「はったりでは、ないようだな……」

ブラッカスは唸《うな》り声を漏らした。

どうやら、この魔導師を完全に滅ぼすことは不可能らしい。

(せめて、ここで時間稼ぎをするしかない——)

地面の影を蹴りつけ、跳躍する。

と——

「第七階梯《かいてい》魔術——〈聖光輪舞斬《シャリア・レーザ》〉」

ディールーダの両手に回転する光の円盤が出現。

ブラッカスめがけて飛来する。

「……っ!」

ブラッカスは跳躍した。

あたりの地面は、〈虚無〉の汚泥に埋め尽くされている。

彼の足場となるのは、森の木々の投影する影だけだ。

その木々を斬り飛ばしながら、高速で追ってくる光輪。

「チィッ!」

眼前に迫った光輪の側面に、ブラッカスは拳を叩《たた》き込んだ。

バヂヂヂヂヂッ——!

軌道を逸《そ》らされた光輪が地面を擦過し、火花を散らす。

――が、すぐに逆回転し、再び追撃を開始する。

「……っ、堕《お》ちても大魔導師か。厄介な術を使う――」

影の間を飛び渡りつつ、ブラッカスは舌打ちする。

第七階梯魔術――レオニスなどはこともなげに使うが、第四階梯以上の魔術は、通常の術者には扱えない大魔術だ。

今のブラッカスとて、まともに受ければ真っ二つになるだろう。

(――撤退の頃合いか)

このままでは、追い詰められるだけだ。

退きつつ、奇襲をかけて足止めしたほうが効果的だろう。

そう冷静に判断し、影の中へ退避しようとする。

が、しかし――

「おっと、影の中に逃げるのはなしですよ――〈極光輝球《サン・ミレーラ》〉」

ディールーダが中空に投げ放った光球が、激しい光を発した。

真っ白な閃光《せんこう》が、あたり一帯を真っ白に塗り潰す。

(……っ、読まれていた、か)

瞬間。光輪がブラッカスの腕を斬り飛ばした。

「ぐ……！」

「さて、そろそろおしまいにしましょうかね――」

眩《まばゆ》い光の中、眼前に司祭の姿が出現する。

ディールーダの両腕が、地面に跪《ひざまず》くブラッカスを抱きすくめた。

聖服の下。心臓のある部位が、激しい魔力の輝きを放つ。

（……っ、まさか⁉）

ブラッカスは金色の眼《め》を見開いた。

それは、〈影の王国《レルム・オヴ・シャドウ》〉の暗殺組織〈七星〉の――

青年司祭の顔が不気味な微笑を浮かべた。

「――〈死爆咒《じゆ》〉。生命体の魔力を暴発させる禁術です」

刹那。轟音《ごうおん》と共に、火柱が天を貫いた。

降りそそぐ火の粉の中――

「なかなか、楽しめましたよ、ブラッカス王子」

〈虚無〉の汚泥がどろりと形を変え、新たな聖服の司祭が出現する。

「――さて、〈女神〉の魂をいただきにまいりましょうか」

端整な顔に笑顔を浮かべ、〈大魔導師〉はぺろりと舌を舐《な》めた。

◆

「あの、帝弟殿下――」

後部座席の窓から、ずっと代わり映えのしないトンネルの景色を眺めつつ、

「……どこへ向かってるんです、これ？」

レギーナは隣に座るアレクシオスに訊《たず》ねた。

「〈第〇七戦術都市《セヴンス・アサルト・ガーデン》〉と〈帝都〉の連結地点だ。もうすぐ到着するよ」

答えつつ、彼はタブレット型の端末をせわしなく操作している。

……どこかと連絡を取っているようだ。

しかたなしに、レギーナも端末を取り出すと、

（第十八小隊、各自でいい感じに行動してください――っと）

咲耶《さくや》とエルフィーネにメールを送信する。

リーセリアとレオニスからの返信は、まだ来ていない。

嘆息して、レギーナは再び窓の外に視線を泳がせた。

ヴィークルが走行するのは、地下の物資運搬ルートのようだ。

魔導灯の明かりが等間隔に並ぶトンネルを、高速で走り抜ける。

（なんなんでしょうね、一体……）

眉をひそめつつ、レギーナはツーテールの髪先を弄ぶ。

こうしている間にも、〈ヴォイド〉は侵攻しつつある。

なんにせよ、強力な殲滅《せんめつ》力を有するレギーナの〈聖剣〉は、対〈ヴォイド〉の防衛線を構築する上で必要不可欠なはずだ。

（第十八小隊を外されて、他の部隊に編入されるんですかね……？）

それは十分にあり得そうな話で、それならば、まあ仕方ないとも思う。

〈聖剣学院〉の学生は、騎士団の命令に従わなければならない。

しかし、そうだとしても――

（……どうして、あの名前を？）

アレクシオスは、レギーナの本当の名を口にした。

レギーナ・レイ・オルティリーゼ。

（まあ、帝弟殿下ですし、知っていても不思議はないですけど……）

彼の態度には別段、脅迫めいたものは感じなかった。まあ、今さら王家のスキャンダルを暴き立てたところで、何か意味があるとは思えない。

――だとすれば、なぜ、あの名前を口にしたのか。

（レギーナ・メルセデスではなく、王族としてのわたしが必要――ってことです？）

内心で首を傾《かし》げていると、

「──説明が不十分ですまない。事態は一刻を争うのでね」

ふと、アレクシオスがタブレットから顔を上げて、すまなそうに頭を下げた。

答えつつ、レギーナはまじまじと叔父の顔を見つめた。

彼女と同じ翡翠《ひすい》色の眼《め》。ブロンドの髪はややくすんでいるように見える。

端整な顔立ちではあるのだが、その表情には疲労が色濃く滲《にじ》んでいる。

「〈帝国〉の議会は退避を決定した。一時間後にはこの海域を離れるだろう」

「……はい」

その情報は、すでに〈管理局〉を通して市民に通達されている。

「〈第〇七戦術都市《セヴンス・アサルト・ガーデン》〉は〈帝都〉を守る盾となり、ここを死守して貰《もら》う」

アレクシオスは膝の上で拳を震わせた。

「……すまない。結果的に、〈第〇七戦術都市〉を見捨てたことになる」

「えっと……」

眼を閉じて俯《うつむ》くアレクシオスに、

「それは、〈帝都〉の人とは、ちょっと感覚が違うかもですね」

レギーナはあえて軽い口調で返した。

「……？」

「〈帝都〉が自分たちを見捨てた──なんて、ほとんどの人は思いません」

「そ、そうなのか……？」

戸惑った表情を向ける、アレクシオス。

「はい。〈第〇七戦術都市《セヴンス・アサルト・ガーデン》〉は、〈聖剣学院〉を中心にした、最前線の要塞。学院の生徒はもちろん、一般市民もみんな覚悟はできてます」

レギーナはきっぱりと言った。

「それに、捨て石になるんじゃありません。〈第〇七戦術都市〉は、人類を守る剣。〈大狂騒《スタンピード》〉にだって耐え抜きました。そう簡単には陥とせませんよ」

「……そうか」

アレクシオスは短く答えると、わずかに表情を緩めた。

「……どうやら、見誤っていたのは私のようだ」

「──到着しました。帝弟殿下」

運転席の騎士が声を発した。

ヴィークルが停車し、前方の巨大なゲートが開く。

ゲートの中に進入すると、魔導灯の照明が一斉に点灯した。

「……ここは？」

と、レギーナは窓の外を見て眼《め》を見開く。

巨大なポール・シャフトの中心に、神秘的な光を放つ格納容器が設置されている。

「〈魔力炉〉だよ。サイズは小型だが、合計七機ある」

「……〈魔力炉〉？　〈キャメロット〉の――じゃ、ないですよね？」

ああ、とアレクシオスは頷《うなず》いて、

「建造中の〈第〇九戦術都市《ナインス・アサルト・ガーデン》〉のことは、耳にしたことがあるかい？」

「〈第〇九戦術都市〉？　はい、噂《うわさ》くらいは――」

以前、エルフィーネが話題にしたのを覚えている。

〈第〇九戦術都市〉――〈アルビオン〉。

最も規模の小さい〈戦術都市〉であり、その建造計画自体は、〈聖剣剣舞祭〉の会場となった、あの〈第〇八戦術都市《エイス・アサルト・ガーデン》〉よりも早くに存在したという。

「えっと、もしかして……」

「――そう。ここは、〈第〇九戦術都市〉の心臓部だ」

◆

無機質なグリッドと、無数の立方体に囲まれた仮想空間。

夜色のドレスを身に着けたエルフィーネは、闇の中へ降りてゆく。

漆黒の翼を広げたそのアバターは、彼女のお気に入りのひとつだった。

〈アストラル・ガーデン〉の最深部に存在する、固有領域。

外部の端末からは決して侵入することのできない、この場所こそが、〈第〇七戦術都市《セヴンス・アサルト・ガーデン》〉におけるフィレットの真の本拠地だ。

回遊する〈天眼の宝珠《アイ・オヴ・ザ・ウイッチ》〉を従え、エルフィーネは下へ潜り続ける。

侵入者を排除するための障壁、あらゆる防御機構は、今の彼女の前では無力だ。

〈魔剣の女王〉となった彼女は、フィレットに関するすべての権限を与えられている。

扉を模した最終プロテクトを、こともなげに解除して──

エルフィーネは最深部のエリアに降り立った。

「──あなたに会いに来たわ。約束通り」

〈天眼の宝珠〉の光を周囲に放ち、彼女は口を開く。

「隠れても無駄なことは、わかっているでしょう?」

「──あら、隠れるつもりなんてないわよ。女王様」

と、可憐《かれん》な少女の声が返ってきた。

「嬉《うれ》しいわ。ここまで会いに来てくれるなんて」

目の前の虚空《こくう》に光の粒子が生まれ、人の姿を形作る。

光り輝く天使の姿をした、美しい少女だ。

フィレットの生み出した〈人造精霊《アーティフィシャル・エレメンタル》〉──〈熾天使《セラフィム》〉。

〈女神〉の声の伝道者《メッセンジャー》にして、〈魔剣計画《D.project》〉の要。

「また会いましょう――と言ったのは、あなたのほうでしょう」

静かな声で、エルフィーネは答えた。

この〈人造精霊〉とは、以前にも会ったことがある。

〈聖剣剣舞祭〉の前日。〈アストラル・ガーデン〉に侵入した時――

『――また会いましょう。今度は、〈女神〉のいる世界で』

この天使の姿をした〈人造精霊〉は、そう彼女に告げたのだ。

「……そうね。けれど、少し早いわ」

熾天使はくすっと微笑《ほほえ》んだ。

邪悪さの片鱗も感じさせない、純粋な微笑。

「まだ、本当の〈女神〉は眠ったままだもの」

――〈女神〉。

あの時は、なにかの暗喩、あるいは識別名《コードネーム》かと思ったが――

〈魔剣の女王〉となった今、それが文字通りの意味なのだとわかる。

ディンフロードと契約した〈ヴォイド〉――〈使徒《アポストル》〉。

――その〈使徒〉の崇《あが》める存在が、〈女神〉。

「〈女神〉が目覚めたら、何が起きるの?」

エルフィーネは天使に問いかける。

「ふふ、それはね――」

熾天使《セラフィム》が指先をくるっと回した。

瞬間。無数のグリッドが出現し、エルフィーネを檻《おり》の中に閉じ込める。

「この世界が、ぜーんぶ消えてなくなっちゃうのっ♪」

「……っ⁉」

エルフィーネは指先でグリッドに触れた。

と、彼女の指先は細かな粒子に分解されて、消滅する。

「無駄よ。ここはわたしのお庭なの、あなたの力も通用しないわ」

エルフィーネは肩をすくめ、熾天使を冷たく見据えた。

「――〈魔剣計画《D.project》〉は潰《つい》えたわ。ディンフロードは死んだ」

「ふふっ、本当にそう思ってるの？」

「……」

「ディンフロードも、あなたが殺したフィンゼル・フィレットも、偉大なる〈女神〉様の計画の駒にすぎない」

熾天使はくすくすと蠱惑的《こわくてき》に微笑して、

「〈第〇四戦術都市《フォース・アサルト・ガーデン》〉では失敗したけれど、いま、〈第〇七戦術都市《セヴンス・アサルト・ガーデン》〉に迫っている〈虚無〉

ども に、人類の希望――〈聖剣〉をたっぷり饗《きょう》してあげるわぁ♪」

――〈アストラル・ガーデン〉に天使の歌声が響きわたる。

「これ……は……？」

「〈聖剣〉を〈魔剣〉に反転させる、〈女神〉の声よ。耳を塞いでも無駄、あなたはどこまで耐えられるかしら？」

「……っ!?」

陶酔を誘うようなその歌声は、エルフィーネの頭の中で反響する。

「その檻の中にいる限り、〈アストラル・ガーデン〉を離脱することもできないわ。あなたは〈魔剣の女王〉として、私に――……なに？」

熾天使が眼《め》を見開く。

「……なんて、ね――」

グリッドの檻の中で、エルフィーネは平然とたたずんでいた。

「な……どういう、こと？　〈女神〉の声が――聞こえていない……？」

「いいえ、聞こえているわ」

エルフィーネは首を横に振った。

「その声は――耳鳴りのように、ずっと聞こえているの」

「……っ!?」

浮遊する〈天眼の宝珠《アイ・オヴ・ザ・ウイッチ》〉が赤く禍々《まがまが》しい色に変わった。

球体の表面に表示された文字列が、たちまち解読不能な記号に変化する。

「な、なに……が……!?」

〈天眼〉の中心がぱっくりと裂け、そして――不気味な〈眼《め》〉が現れた。

「食らい尽くせ――〈魔眼の凶鬼《バロール》〉よ!」
■■GRUOOOOO■■■OOOO■■■■■ッ――!
おぞましい化け物に変貌した〈天眼の宝珠〉が、グリッドの檻《おり》を喰《く》い破る。

「そ、そんな……そんな、ことが――!」

熾天使《セラフイム》が、その可憐《かれん》な顔を歪《ゆが》ませた。

「〈魔剣〉を支配しているというの!?」

「……」

エルフィーネは無言で、一歩前に進んだ。

無意識にか、熾天使が後ろへ下がる。

「リーセリアが、わたしに埋め込まれた〈女神〉の欠片《かけら》を砕いてくれたことで、わたしは一度、〈魔剣〉の力から解放された。けれど――」

と、エルフィーネは自身の胸に手をあてて、

「まだ、ほんの小さな欠片が残っていたの――」

ディンフロードが心臓に埋め込んだ、〈女神〉の欠片。

砕かれずに残った、そのほんのわずかな欠片が、彼女に新たな能力を与えた。

〈聖剣〉を、自身の意志で〈魔剣〉に変化させる能力を。

エルフィーネは、すっと手を前にかざした。

グリッドの檻を食い尽くした二機の〈魔眼の凶鬼〉が、彼女に付き従う。

「外では使えないけど、ここなら、存分に〈魔剣〉の力を使えるわ」

「――ふ、不可能よ。そんなこと」

熾天使が引き攣《つ》った声でまくしたてる。

「〈魔剣〉を使いながら、精神を蝕《むしば》まれないなんて――」

〈魔剣〉に誘う〈女神〉の声が、二重三重に重なり、頭の中に響きわたる。

「……そうかしら？」

が、エルフィーネは平然と、そこにたたずんでいる。

「どうしてっ、どうしてどうしてっ！」

「無駄よ。〈魔剣〉はもう、わたしの身体《からだ》の一部なの――」

GRUOO■■OOOOO■■■■■ッ――！

〈魔眼の凶鬼〉が、熾天使の腕を食い千切った。

腕を、肩を、脚を――その鋭い牙で消滅させてゆく。

（セリアには、とても見せられないわね……）

「──あ、あああああああああああっ！」

熾天使《セラフィム》の絶叫がほとばしる。

〈人造精霊《アーティフィイシャル・エレメンタル》〉である彼女が、痛みを感じているわけではないだろう。

そこにあるのは、ただ存在を奪われることへの恐怖。

そう、〈魔眼の凶鬼《バロール》〉は、対象の存在情報を喰《く》らう〈魔剣〉なのだ。

「くっ……ああああああっ──」

身体《からだ》の半分を食われた熾天使が、光の粒子となって姿を消した。

〈アストラル・ガーデン〉の別のエリアに転移しようというのだろう。

──が、しかし。

一瞬、青白い雷光が爆《は》ぜた。

転移した熾天使は、不可視のフィールドに弾《はじ》かれ、落下する。

「なっ、どうして……⁉」

再び実体化した熾天使が、振り返ってエルフィーネを睨《にら》む。

「〈天眼の宝珠《アイ・オヴ・ザ・ウイッチ》〉でフィールドを張ったわ」

「……⁉」

闇の中。空間の四箇所に配置された〈天眼の宝珠〉。

四機の宝珠が干渉し合い、四角錐《しかくすい》のフィールドを形成している。

〈天眼の宝珠〉の防衛モード――〈霊光魔鏡《リフレクト・フィールド》〉による、不可視の檻《おり》だ。

「〈聖剣〉と〈魔剣〉を同時に使うだと？　お前は、一体……」

「〈聖剣〉の形態変換《モード・シフト》の応用ね」

と、新たに呼びだした〈天眼の宝珠〉が、〈魔眼の凶鬼〉に変貌する。

無論、言うほど簡単なものではない。

心臓の奥で、〈女神〉の欠片《かけら》が疼《うず》くのを感じる。

「ア、アアアアアアアア――！」

悲鳴のように、絶叫して――

熾天使はエルフィーネめがけて飛びかかった。

が、即座に〈天眼の宝珠〉による自動防御が発動。

青白い閃光《せんこう》が放たれ、熾天使を撃墜する。

「――悪いけど、あなたのすべてを貰《もら》うわ」

GARUOO■■■OO■■■■■ッ――！

「……――ッ！」

〈魔眼の凶鬼〉に変化した〈天眼の宝珠〉が、熾天使の存在を貪り喰らう。

人造精霊の組成情報を咀嚼《そしやく》し、分解し、解析し、簒奪《さんだつ》する。

その能力は、〈天眼の宝珠《アイ・オヴ・ザ・ウイッチ》〉の特性を引き継いだものだ。
無惨なその光景を、エルフィーネは冷たく見下ろした。
（……熾天使《セラフィム》。あなたとわたしは、姉妹のようなもの）
〈女神〉の欠片《かけら》を埋め込まれた、〈人造精霊《アーティフィシャル・エレメンタル》〉と――
同じく、〈女神〉の欠片を埋め込まれた、〈人造人間《ホムンクルス》〉。
〈魔剣〉を生み出す天使と、〈魔剣〉を支配する女王。
二つの鍵が揃《そろ》うことで、〈魔剣計画《D.project》〉は完成するはずだった。
そして今、女王は天使の力を手に入れたのだ。
熾天使の姿が完全に消滅すると、彼女は〈魔眼の凶鬼《バロール》〉を〈天眼の宝珠〉に戻した。
疼《うず》く心臓に手をあて、嘆息する。
この〈魔眼の凶鬼〉は、軽々に使えるものではない。
〈魔剣〉の力を使い続ければ、確実に精神を蝕《むしば》まれるだろう。
（これで、なにもかも終わりにする。〈魔剣計画〉も、フィレットも――）

◆

「……う……ん……」

〈アストラル・ガーデン〉とのリンクを切断し、ヘッドギアを外した。

目眩《めまい》のような感覚。視界に、魔力灯のライトグリーンの光が差し込む。

「フィーネちゃん、大丈夫？」

瓦礫《がれき》の上で、クロヴィアがそっと肩に触れた。

「ええ、ちょっと、無理しちゃったかも……」

こめかみを押さえつつ、ゆっくりと半身を起こす。

頭の奥が鈍く疼く。短時間とはいえ、〈魔剣〉を使った影響だろう。

「けど、その価値はあったわ」

「……なにをしてきたの？」

すっと眼《め》を細める姉に対し、

「手に入れてきたわ。フィレットのすべてを――」

エルフィーネはそう答えた。

「……どういうこと？」

エルフィーネは瓦礫の上に座り込んだまま、〈天眼の宝珠〉を起動した。

と、〈天眼〉の周囲に次々とパネルが投影される。

そこに映し出されたのは、〈第〇七戦術都市《セヴンス・アサルト・ガーデン》〉のエリアマップだ。

「……これって、フィレットの研究施設？」

クロヴィアがハッと眼《め》を見開く。

「正解よ。非公開の施設の場所も、すべて把握した」

頷《うなず》いて、エルフィーネは指をパチっと鳴らした。

追加で呼び出された四機の〈天眼の宝珠《アイ・オヴ・ザ・ウイッチ》〉が、〈第〇七戦術都市《セヴンス・アサルト・ガーデン》〉にある各研究施設の〈アストラル・ガーデン〉に接続し、遠隔でコントロールをはじめる。

〈天眼の宝珠〉の各個体は、それぞれ熾天使《セラフィム》の権限と能力をすべて取り込んだ。

今やフィレットの研究施設は、完全にエルフィーネの支配下にある。

対虚獣弾道弾《AVBM》の発射さえ思うままだ。

「ディンフロードは、この〈第〇七戦術都市〉でも〈第〇四戦術都市《フォース・アサルト・ガーデン》〉と同じことを起こそうとしていたわ」

〈天眼の宝珠〉に命令を与え、各研究施設の機密リストを参照する。

「そのために、何年もかけて各種兵器の準備をしていた。実際の計画を遂行していたのはフィンゼル兄さんだけど——あったわ」

虚空《こくう》に投影されたパネルに、リストが同時に表示された。

「これって、対〈ヴォイド〉用兵器？　こんな大量に……」

「軍事物資の積荷にカモフラージュしていたようね。〈魔剣計画《D.project》〉は元々、帝国騎士団主導の計画だった。騎士団上層部にも、〈使徒《アポストル》〉の信奉者がいるはずよ」

フィンゼルが秘密裏に兵器を運び込んでいることは、エルフィーネもある程度は把握していたが、それはあくまでほんの一部だったのだと思い知らされる。

兵器の多くは、各エリアの資材倉庫などに分散して保管されているようだ。

対〈ヴォイド〉用の重火器、ミサイル、未認証の戦闘車両。バトル・アーマー。

そして——

「——これは、〈ヴォイド・シミュレータ〉？」

エルフィーネはパネルをじっと見つめた。

地下空間に搬入された、二十一機の〈ヴォイド・シミュレータ〉。

〈聖剣学院〉での訓練にも使われる、半自律型の戦闘兵器だ。戦闘プログラムを搭載した〈人造精霊《アーティフィシャル・エレメンタル》〉を組み込み、前線での〈聖剣士〉の援護に使用される。

しかし、この〈ヴォイド・シミュレータ〉には型番がないようだ。

「試験型？　いえ、これは——」

〈天眼の宝珠〉を操作し、熾天使のライブラリと照合する。

「〈機骸兵《きがいへい》〉？　古代の戦闘兵器？」

……ますます、よくわからない。

少なくとも、帝国騎士団の供与した代物《しろもの》ではないだろう。

（——だとすると、もしかして、〈使徒〉の？）

エルフィーネは表情を険しくした。更に詳しく調査する。

――〈第〇七戦術都市《セヴンス・アサルト・ガーデン》〉第Ⅷ未開発エリア。

この〈機骸兵《きがいへい》〉の保管されたエリアの更に下に、空白の空間があった。

〈聖剣学院〉の特殊訓練フィールドほどの面積のある、広大な空間だ。

この空間に関しては、一切の情報が存在しなかった。

(……熾天使《セラフィム》でさえ、アクセス権限を持たない場所?)

ディンフロードだけが知る場所、ということなのか――

(……なんにせよ、調べてみる必要がありそうね)

スカートの埃《ほこり》を払い、エルフィーネは立ち上がった。

「フィーネちゃん?」

「姉さん、第Ⅷエリアにヴィークルを回して」

「ちょっと、そんな時間はないわよ。〈ヴォイド〉の侵攻が――」

「お願い。なにか、重要なものがある気がするの」

エルフィーネは、姉の眼《め》をまっすぐに見つめた。

聖剣学院の魔剣使い

Demon's Sword Master of Excalibur School

第四章　剣聖

Demon's Sword Master of Excalibur School

「……レオニス、戦死した兵の屍《しかばね》をかき集めたか」

　聖神暦四四一年。〈ログナス王国〉――ラス・オルザンデ辺境領。

　戦場を見下ろす丘の上で――

　シャダルクは静かな怒りに声を震わせた。

　地平線を埋め尽くす、生ける亡者の群れ。

　ログナス王国の兵士たちの屍だ。

「あれほどの数の不死者《アンデッド》を操るとは。奴《やつ》の力は日に日に増しているようだな」

　と、横に立つ竜頭の騎士がうめく。

〈六英雄〉の〈龍神《りゅうじん》〉――ギスアーク・セイントドラゴン。

　シャダルクと共に数々の戦果を挙げた盟友だ。

「まさか、奴に死霊術の才があったとはな」

〈不死者の魔王〉――レオニス・デス・マグナス。

　人間によって殺された〈勇者〉レオニスは、〈魔王〉として甦《よみがえ》った。

〈光の神々《ルミナス・パワーズ》〉に反旗《ひるがえ》を翻した邪神――ロゼリア・イシュタリスによって。

（……あの日、俺がレオニスと出会った時から、運命は仕組まれていたのか）

レオニスは度々、夢の中に白銀の髪の少女が現れると口にしていた。あるいは、その少女こそが〈叛逆の女神《はんぎやく》〉の化身だったのかもしれない。

〈不死者の魔王〉とは、すでに戦場で何度もまみえた。彼自身の意志も、生前の記憶もあるようだが、師である彼の説得を聞き入れることはなかった。

その魂は、すでに邪悪な闇に呑《の》まれていたのだ。

〈魔王〉となったレオニスに、シャダルクは容赦しなかった。

〈光の神々〉より賜った〈魔王殺しの武器《ジ・アーク・セヴンス》〉の刃《やいば》で、かつての弟子を何度も殺した。

──そう、何度も。何度も。

その度に、レオニスはより強大な死の力を身につけて甦った。

「それも、これで最後だ──」

無数の不死者の軍勢を率いる、骸《むくろ》の〈魔王〉の姿を睨《にら》み据え──

シャダルクは〈魔王殺しの武器〉──〈朧月《おぼろづき》〉の柄を強く握った。

「今度こそ、奴に引導を渡す──」

それが、師であった己の責務だと心に決めて。

「シャダルク師──」

と、彼の背後で声がした。

振り向くと、不安そうな表情を浮かべたエルフの少女がそこにいた。

アルーレ・キルレシオ。〈魔王〉の妹弟子にあたる、勇者候補の一人だ。

「……どうした。陣で待機しろと言ったはずだが？」

シャダルクが厳しい眼差《まなざ》しを向けると、

「どうか、わたしをお連れください！」

アルーレは剣を手に、その場に跪《ひざまず》いた。

「まだ未熟かもしれませんが、この斬魔剣で、必ずや〈魔王〉を――」

「……アルーレ」

シャダルクは身を屈《かが》め、少女の肩に手をのせた。

「〈魔王〉と戦うのは、俺とギスアーク殿の役目だ」

「……で、でも……師は、この前の戦の傷がまだ――」

アルーレの顔に、焦燥が浮かぶ。

（気づかれていたか……）

と、シャダルクは苦笑する。

利き腕に、〈不死者の魔王〉に負わされた傷があった。

強力な呪詛《じゅそ》が込められており、通常の治癒魔術では治療することができない。

唯一、呪詛を解くことのできる〈聖女〉ティアレス・リザレクティアは、遠く離れた別の戦場で〈異界の魔神〉と交戦中だ。

「もし私が戦場で斃《たお》れたときは、お前が〈不死者の魔王〉を倒してくれ」

「……っ!?」

シャダルクは立ち上がり、戦場に視線を戻した。

「──レオニス、ここで決着をつけよう」

◆

「灰は灰に、塵《ちり》は塵に、滅びの定めに従え──〈闇獄爆裂光《アルザム》〉！」

レオニスが〈封罪の魔杖《まじょう》〉に込めた魔力を解き放った。

詠唱強化した、第十階梯《かいてい》の破壊魔術。

万物を滅する闇の光を、シャダルク・ヴォイド・ゴッドに叩《たた》き込む。

オオオオオオオオオオオオオンッ！

爆発。蠢動《しゅんどう》する巨大な肉塊が、漆黒の光に呑《の》み込《こ》まれる。

吹き戻しの爆風が、戦場の塵を舞い上げた。

（……っ、く、くくっ……なんという、威力だ──！）

レオニスは胸中で高笑いした。

（これが第十階梯《かいてい》の破壊魔術、これが〈魔王〉の力！）

数多《あまた》の王国を震え上がらせた、〈不死者の魔王〉の本来の魔力だ。

「たいしたものだな。これまでは本調子ではなかったのか？」

リヴァイズが感嘆の声を上げる。

「ふっ、まあな」

「悦に入ってる場合じゃないわよ。再生してるわ――」

ヴェイラが鋭く睨《にら》んだ。

吹き荒れる戦塵《せんじん》の向こうで、巨大な影が蠢《うごめ》く。

大きく抉《えぐ》れた肉塊が、元の倍の大きさにも膨れ上がり、無数の異貌を生み出した。

あらゆる生命体を凝縮し、戯画化したような、悪夢めいたその姿。

「……再生ではない。あれは、化け物を生み出し続けているのだ」

リヴァイズが息を呑《の》む。

「無限に〈ヴォイド〉を産み落とす、混沌《こんとん》の胎《はら》というわけか……」

呟《つぶや》いて、レオニスは〈封罪の魔杖《まじよう》〉を構えた。

「やはり、一気に削らなければならんようだな」

「ええ、三人でぶちのめすわよ！」

ヴェイラが地を蹴った。

真紅の髪が、紅蓮《ぐれん》の炎を帯びて闇の中を奔《はし》る。

同時に駆け出し、レオニスは魔術を唱えた。

「戦術級・第八階梯魔術──〈地烈衝破撃《グラズ・ガルド》〉!」

地面から生み出された無数の石柱が、ヴォイド・ゴッドの巨躯《きょく》を縫い止める。
■■■■■■■■■■ッッッッ──!
──が、足止めできたのは、ほんの一瞬。

石柱はあっさり粉砕され、無数の石塊となって荒野に散らばった。

〈ヴォイド・ゴッド〉の異形の頭が鎌首をもたげた。

その口腔《こうこう》に灼熱《しゃくねつ》の閃光《せんこう》が生まれる。

「……ちっ!」

「第八階梯魔術──〈氷風斬舞《ヒエルド・ベルゼード》〉」

──と、その刹那。異形の頭部が宙を舞った。

〈海王〉の放った魔氷の刃《やいば》が、首を斬り飛ばしたのだ。

ズオオオオオオオオンッ!

閃光が、〈ヴォイド・ゴッド〉の頭上で暴発。

蠢動《しゅんどう》する異形どもの群れを、明々と照らし出す。

そこへ──

「はあああああああっ！」

飛び込んだヴェイラが、竜の闘気を纏《まと》う拳を放った。

ズンッ――！

衝撃で、〈ヴォイド・ゴッド〉の巨躯《きょく》が一瞬、宙に浮く。

更に、地を蹴って踏み込むと、

「消し炭になりなさいっ――〈竜爆炎舞拳《りゅうばくえんぶけん》〉！」

渾身《こんしん》の力を込めた竜拳術《ドラグ・アーツ》を叩《たた》き込む。

ゴオオオオオオオオオオオオオオッ！

〈竜王〉の吐息と同等の威力を持つ、灼熱《しゃくねつ》の拳。

紅蓮《ぐれん》の焔《ほのお》が噴き上がり、無限に生まれる異形の塊を消し飛ばした。

「まだまだよっ――！」

ほとばしる焔を再び両手に収斂《しゅうれん》し、更に強力な一撃を見舞う。

と――

「――ヴェイラ、下がれ！」

レオニスの声が鋭く響いた。

竜の焔に焼かれ、真っ赤に赤熱化した箇所が爆発的に膨張する。

肉塊の中から――

ずるり——と、現れたのは、巨大な腕だった。

「……なっ⁉」

巨腕が拳を握り、無造作に殴りつけた。

ヴェイラの身体《からだ》が宙を飛び、地面を跳ねる。

（……なんだ、あの腕は⁉）

レオニスは刮目《かつもく》する。

無限に生み出される、ほかの〈ヴォイド〉の群体とは明らかに異なる。

その腕には、明確な意志のようなものが感じられた。
■■■■■■■■ッッッ——！
焔に焼かれた〈ヴォイド・ゴッド〉が咆哮《ほうこう》。

ヴェイラめがけて突進する。

「ちっ——！」

舌打ちして、レオニスは跪《ひざまず》き、地面に手を触れた。

「〈影の王国《レルム・オヴ・シャドウ》〉より、出《い》でよ——〈巨骸兵《デス・マキーナ》〉よ！」

レオニスを中心に影が広がる。

……ズ……ズズズ……ズズズズズ……——！

地鳴りと共に召喚されたのは——

無数の魔物の骨で造られた、全長三十メルトほどの巨像だ。

突き出した背中は大きく曲がり、両腕の長さも揃《そろ》っていない。〈不死者の軍団〉の主力はリーセリアに貸しているため、即席で余った骨を組み合わせたのだ。

「見た目は少々、不格好だが……まあよかろう」

頭部の角に掴《つか》まりつつ、レオニスは満足げに頷《うなず》いた。

「なかなかに悪趣味な代物《しろもの》だな」

トンッ――と、リヴァイズも巨像の首の上に立つ。

「放っておけ。いけ、〈巨骸兵《デス・マキーナ》〉――!」

骨の巨像が、異様に長い片腕を振り上げた。

見た目よりもはるかに機敏な動作で〈ヴォイド・ゴッド〉の腕を掴む。

――が。

「……っ!?」

メキメキと響く破砕音。

骨の腕は半秒ともたずに砕け散った。

「――おまけに脆《もろ》いな」

「……~っ、ま、まだだっ!」

レオニスが魔力を込めると、粉々になった骨が再び組み上がる。

新たな腕の尖端《せんたん》は拳ではなく、回転する鋭いドリルだ。

軋《きし》み合う骨が唸《うな》りを上げ、〈ヴォイド・ゴッド〉の側面を貫いた。

生み出されつつあった〈ヴォイド〉の群体が一斉に挽《ひ》き潰《つぶ》される。

「ふはは、どうだ、俺の〈巨骸兵〉は！」

「レオ、なかなかやるじゃないっ！」

ヴェイラが、〈巨骸兵〉の腕を一気に駆け上がる。

「さっきのお返しよっ――〈竜王闘爪拳《りゅうおうとうはけん》〉！」

竜の闘気を纏《まと》った連撃を、〈ヴォイド・ゴッド〉に叩《たた》き込む。

「第八階梯《かいてい》魔術――〈極大消滅火球《アル・グ・ベルゼルガ》〉！」

「第八階梯魔術――〈氷烈蒼魔閃球《ブレイズ・レ・エグザ》〉！」

リヴァイズとレオニスが援護の魔術を放つ。

爆《は》ぜる閃光《せんこう》。凄《すさ》まじい魔力の奔流が、ラス・オルザンデの荒野を荒れ狂う。

「このまま一気に押し切るぞ――」

「――うむ。いや、まて……これ、は!?」

リヴァイズが警戒の声を発した。

ギチッ、ギチギチギチギチッ――！

〈ヴォイド・ゴッド〉の肉塊が蠢動《しゅんどう》し――

溶岩のように爆《は》ぜた。

「……っ!?」

肉塊の内側から突き出したのは、無数の武器だ。

〈あれは、〈剣聖〉の武器か!?〉

レオニスが眼《め》を見開く。

〈剣聖〉――シャダルク・シン・イグニス。

あらゆる武具に祝福された男。

彼に使いこなせない武器は、この世に存在しない。

その〈剣聖〉が、冒険と遠征の果てに蒐集《しゅうしゅう》した、伝説の武具。

数百、数千という武具が――

〈ヴォイド・ゴッド〉の全身から突き出した。

■■■ル■■オオオオ■■■■■■ッ――!

そして――

肉塊の中心部から、刃渡り十メルトほどの巨大な大太刀《おおだち》が出現する。

〈……っ、あれは、〈殺竜丸《さつりゅうまる》〉!?〉

〈魔王〉の一人、〈鬼神王〉――ディゾルフ・ゾーアの佩刀《はいとう》だ。

エルダー・ドラゴンを一刀の下に斬り伏せた伝説を持つ。

〈鬼神王〉を取り込んだ時に手に入れたのだろう。

その〈殺竜丸〉の柄を、〈ヴォイド・ゴッド〉の巨腕が握りしめた。

「……っ！」

首筋が一瞬、怖気《おぞけ》立った。

武器を握った途端に、気配が変わった。

（……っ、そうか、あの腕はやはり！）

レオニスは直感する。

あれは——〈剣聖〉の腕だ。

ゴッ——と、次の瞬間、大地が割れた。

巨大な〈殺竜丸〉の刃《やいば》が、斜めに振り下ろされたのだ。

衝撃で、〈巨骸兵《デス・マキーナ》〉の肩がバラバラに吹き飛んだ。

「ぐ、お……！」

「レオニス——」

危うく落下しそうになるレオニスの腕を、リヴァイズが掴《つか》む。

「はっ、ドラゴン殺し？　面白いじゃないの！」

ヴェイラが、肉塊に突き立った聖槍《せいそう》を引き抜いた。

おそらくは、伝説級のその聖槍を、頭上の腕めがけて投擲《とうてき》する。

が、〈殺竜丸《さつりゆうまる》〉を握った腕は瞬時に刃《やいば》を返し、聖槍《せいそう》を弾《はじ》く。

「……っ、嘘《うそ》⁉」

唖然《あぜん》とするヴェイラ。

刃渡り十メルトもある巨大な刀だ。尋常な技倆《ぎりよう》ではない。

返す刀で、刃が閃《ひらめ》く。

ほとばしる火花。

振り下ろされた肉厚な刃を、ヴェイラは両手の籠手《こて》で受け止めた。

「……っ、こ、の……！」

「――ヴェイラ！」

〈竜王〉が、膂力《りよりよく》で圧《お》される。

ピシリ――竜鱗《りゆうりん》の籠手に罅《ひび》が入った、その時。

「てめえら、俺抜きでバトってんじゃ――ねえええええええっ！」

突如、戦場の外から現れた影が。

横殴りに、〈ヴォイド・ゴッド〉の大太刀《おおだち》を吹っ飛ばした。

「……な、なんだ⁉」

レオニスが眼《め》を向ける。

――と。砂煙の中、大柄な人影がゆっくりと立ち上がった。

白銀に輝く鎧《よろい》を身に着けた、白虎族の獣人。
〈獣王〉――ガゾス・ヘルビーストが。

◆

「はああああっ――〈爆裂魔光陣《メガ・ファルガ》〉！」

リーセリアの放った広域破壊魔術が、〈ヴォイド〉の群体を消し飛ばした。

閃光《せんこう》が爆《は》ぜ、激しい火柱が次々と上がる。

「第五階梯《かいてい》魔術!? いつのまに――」

影の鞭《むち》でオーガ級〈ヴォイド〉の首を狩ったシャーリが、驚愕《きょうがく》に目を見開く。

「レオ君の見よう見まね――」

と、背中越しに答えるリーセリア。

「前に使ってみたときは、腕が吹き飛んでレオ君に怒られちゃったけど」

今回は、完全に制御できる確信があった。

魔将軍に昇格した影響なのだろう。

全身をめぐる魔力が、膨れ上がっていくのを感じる。

「驚きましたね。たしかに、〈吸血鬼の女王《ヴァンパイア・クイーン》〉は最上位の不死者《アンデッド》ですが……」

と――

■■■■■■■■■――ッ！

「……!?」

虚無の汚泥の中から、大蛇のような〈ヴォイド〉が飛び出した。

二人は同時に左右に跳び、振り下ろされた一撃を回避する。

「はああああっ――！」

呼気を放ち、〈誓約の魔血剣《ブラッディ・ソード》〉を一閃《いっせん》。

血の刃《やいば》が、〈ヴォイド〉の巨体を一瞬で斬り刻む。

「――〈魔王〉の力で甦《よみがえ》りし、冥府の亡者たちよ！」

血風纏《まと》う刃を掲げ、リーセリアは叫んだ。

「私に付いてきて――！」

同時、リーセリアの足もとがせり上がり、巨大な〈屍骨巨人《スカル・コロッサス》〉が出現する。

グオオオオオオオオオオッ！

屍骨巨人の振り下ろした拳が、足もとの〈ヴォイド〉を跡形もなく粉砕した。

〈ボーン・ドラゴン〉、〈オーガゾンビ〉などの大型アンデッド。更に無数のグールとスケルトンの軍団が、リーセリアの声に応えて次々と起き上がる。

魔力を帯びた〈吸血鬼の女王《ヴァンパイア・クイーン》〉の声が、倒れた〈不死者《アンデッド》〉を再び呼び覚ましたのだ。

地面に突き立つ血の刃を手にした不死者の群れが、〈ヴォイド〉に襲いかかる。
先陣を切るのは、闇のドレスをまとうリーセリアだ。
〈屍《し》骨巨人〉の肩から飛び降りて、一気に滑空すると――
「――〈血華乱舞《ブラッディ・ロンド》〉！」
ほとばしる血の刃が、悍《おぞ》ましい〈ヴォイド〉の群体を斬り伏せる。
舞い踊る紅刃と、白銀の髪。
（……せめて、ここで足止めしないと）
あの虚空《こくう》の極点から、際限なく溢《あふ》れ出《だ》す〈ヴォイド〉の汚泥。
リーセリアと〈不死者の軍団〉だけで、押し戻すことは不可能だ。
それでも、〈第〇七戦術都市《セヴンス・アサルト・ガーデン》〉に到達するまでの、わずかな時間を稼ぐことは出来る。
レギーナ、咲耶《さくや》、エルフィーネは、〈聖剣学院〉に帰還した頃だろうか。
〈第〇七戦術都市〉では、迎撃態勢を整えていることだろう。
（レオ君が、あの穴を壊してくれる――）
それまで、ここで時間を稼ぐのが彼女の使命だ。
（――〈第〇七戦術都市〉を、六年前のようにはさせない！）
血の刃を全身に纏い、〈ヴォイド〉の群体に斬り込む。
「――果敢は蛮勇と紙一重ですよ、リーセリア・クリスタリア」

と、シャーリが〈死蝶刃《レフィスカ》〉を放ち、オーガ級の〈ヴォイド〉を仕留める。

メイド服姿ではない。暗殺用の影のスーツだ。

「あ、ありがとうございます、師匠」

「――師匠ではありません。まったく……」

シャーリは頬《ほお》を膨らませた。

「魔将軍に昇格したのですから、シャーリとお呼び捨てください」

「シャーリちゃん？」

「ちゃんは余計ですっ！」

言い返しつつ、足もとで蠢《うごめ》く〈ヴォイド〉にとどめを刺すシャーリ。

――と。虚無の〈汚泥〉が波打ち、人の形に姿を変えた。

「やっと、見つけましたよ。〈女神〉の器――」

森の中に響く声。白髪の青年司祭が、二人の前に姿を現す。

「……っ！」

リーセリアは立ち止まり、ディールーダを睨《にら》んだ。

「……っ、まさか、ブラッカス様が!?」

シャーリが叫ぶ。

「なかなか手こずらせてくれましたが――」

ディールーダはくっと含み嗤《わら》った。

「──死にましたよ。犬のように、無様にね」

「……っ、そ、んな……！」

愕然《がくぜん》と呟《つぶや》く、リーセリア。

「……で、す──」

シャーリが、静かに声を発した。

「うん？」

「……嘘《うそ》です……ブラッカス様が、やられるはず、ありませんっ！」

シャーリが地を蹴った。

影を渡り、一瞬でディールーダに肉薄。

短剣の刃《やいば》で、その首を斬り付ける。

パッと鮮血が散った。

大魔導師は微笑を浮かべたまま、虚無の汚泥の中に倒れ込む。

「……え？」

あまりのあっけなさに。シャーリ自身が、唖然《あぜん》として眼《め》を見開く。

暗殺者の本能が警鐘を鳴らしている。

……何かがおかしい。こんなはずはない。

――と。

「九千九百七十二体――」

朗らかな声が聞こえた。

どろり、と虚無の汚泥が蠢《うごめ》き、人の形をとった。

◆

――帝国標準時間一八〇〇《ヒトハチマルマル》。

レギーナの乗り込んだ昇降機は、体感で一分以上も下降を続けていた。

（……これ、どこまで降りるんです？）

と、少し不安になりかけたところで、ようやく停止する。

扉が開くと、目の前の通路に魔力灯の光が点灯した。

「司令部に直通の緊急通路だ。まだ工事中だから、気を付けて」

言って、前を歩くアレクシオス。

レギーナはあわてて、その背中を追いかける。

「飛行機能を備えた〈第〇九戦術都市《ナインス・アサルト・ガーデン》〉――〈アルビオン〉。そのコンセプトは、戦術都市計画が始まる初期段階からすでに存在した」

足早に歩みを進めながら、彼は説明する。

「計画時のコードネームは〈天空城《アズール・フォート》〉。しかし、飛行型都市には技術的な問題が多く、ほかの戦術都市よりも建造は後回しにされた。〈第〇七戦術都市《セヴンス・アサルト・ガーデン》〉が完成した後にようやく着工したが、限定的な時限転移機能を有する、〈第〇八戦術都市《エイス・アサルト・ガーデン》〉の建造が優先され、計画は頓挫していた――」

二人が通路を進んで行くと、閉じた隔壁に突きあたった。

「ここだ――」

アレクシオスが認証を済ませると、隔壁が左右に開いた。

「……っ!?」

レギーナは翡翠《ひすい》色の眼《め》を見開く。

そこは、まるで戦艦の艦橋のようだった。以前、足を踏み入れたこともある〈ハイペリオン〉の艦橋によく似た印象だ。

ブリッジには、十数人のクルーがいた。

全員、立ち上がってアレクシオスに敬礼する。

「弟帝殿下――いえ、司令官殿。お待ちしておりました」

軍服を着た年配の男が、スロープを上って二人の前に来る。

「彼はケルディン男爵。この〈第〇九戦術都市《ナインス・アサルト・ガーデン》〉の責任者だ」

「あ、よろしくお願いします」

ぺこり、と頭を下げるレギーナに、ケルディン男爵は会釈を返す。

「——状況は？」

と、アレクシオスが訊《たず》ねた。

「——は。現在、飛行型〈ヴォイド〉と見られる中規模の群れが、〈第〇七戦術都市〉外縁エリアに到達。前線の部隊が交戦中です」

前方の巨大なモニターが切り替わり、戦場の様子を映し出した。

市街に展開した〈聖剣士〉の部隊が、羽蟲《はむし》のような〈ヴォイド〉と交戦している。

「……来たか」

アレクシオスは苦々しく呻《うめ》いた。

「はい。もはや一刻の猶予もありません」

「あ、あの——」

と、レギーナが口を開いた。

「わたし、何をすればいいんです？」

「話が早くて助かるよ」

アレクシオスは頷《うなず》いて、説明する。

「この〈アルビオン〉は未完成だが、運用試験はクリアしていて、限定的ながら実戦投入が可能だ。強力な対〈ヴォイド〉用兵器も装備しているし、少なくとも、前線の〈聖剣士〉をバックアップする移動要塞の役割が果たせる。ただし――」

「〈アルビオン〉の基幹となっているのは、七基の小型〈魔力炉〉と、〈ハイペリオン〉と同じ、〈始原の精霊〉《ワイルド・エレメンタル》なのです」

と、ケルヴィン男爵が引き取った。

「……なるほど。そういうこと、ですか」

静かに納得するレギーナ。

……ある程度予想してはいた。わざわざ連れてこられた、ということは、彼女の精霊使いとしての力が必要ということなのだろう、と。

「……ああ。そういうことだ。ケルヴィン卿《きょう》、あれを――」

「は――」

と、モニターの映像が変化した。

映し出されたのは、隔壁に囲まれた球形の空間だ。

〈ハイペリオン〉の〈精霊統制機関〉によく似ている。

「これは……」

レギーナは眼《め》を見張る。

球形の空間の中央に、淡く輝く透明な石が浮かんでいた。

〈魔力炉〉の炉心に使われる、魔力結晶のようだ。

その鉱石の中に、なにかが閉じ込められている。

（……鳥、ですかね？）

レギーナは眼を細め、モニターに眼を凝らした。

「風の精霊――〈スィームルグ〉」

と、ケルヴィンが言った。

「〈帝都〉の調査団が、〈精霊の森〉の奥深くで発見した、〈始原の精霊〉です」

――〈始原の精霊〉。

魔導テクノロジーで生み出された、〈人造精霊《アーティフィシャル・エレメンタル》〉とは全く異なる存在。

それは、はるか太古よりこの世界に存在する、意志を持った魔力だ。

現在、存在が確認されている〈始原の精霊〉は七体。

その中で、人類と契約を結んでいるのは、たったの一体。

はるか大昔に、オルティリーゼの祖と契約を結んだ、〈カーバンクル〉のみである。

「あの〈始原の精霊〉は、発見された時、魔力結晶に封印されていました。調査団は魔力結晶を持ち帰り、〈アルビオン〉の〈精霊統制機関〉に搭載したのです」

ケルヴィンは続けた。

「無論、〈人造精霊〉を使い、〈アルビオン〉を運用すること事態は可能ですが」

「本来の性能は発揮できない――ってことですね」

「――その通りです」

同じシステムを搭載した〈ハイペリオン〉も、〈カーバンクル〉を介するのと、〈人造精霊《アーティフィシヤル・エレメンタル》〉を使うのとでは、その性能は雲泥の差だそうだ。

「アルティリア王女が不在の今、〈始原の精霊《ワイルド・エレメンタル》〉と契約し、目覚めさせることができるのは、王家の血を引く君だけなんだ――」

と、アレクシオスが言った。

精霊使いの力を使えるのは、古き血を継承する姫巫女《ひめみこ》のみ。

男性である皇帝アルゼウスや、アレクシオスには、使うことは出来ない。

皇后は子を産んで、その力を失っている。長女は〈第〇五戦術都市《フィフス・アサルト・ガーデン》〉にいる上、精霊使いとしての力は、第三王女のアルティリアには遠く及ばない。

「勝手な頼みをしていることは、わかっている。けれど――」

と、アレクシオスはレギーナに頭を下げた。

「〈第〇七戦術都市《セヴンス・アサルト・ガーデン》〉を守るために、君の力が必要なんだ」

――と。

◆

薄暗い空に、警報の音が鳴り響く。

「……さて、と――来たみたいだね」

水浴びをして、制服に着替え直した咲耶《さくや》は、屋敷の屋根に飛び乗った。

〈ヴォイド〉の先陣が、〈第〇七戦術都市〉に到達したようだ。

「先輩たちと合流しようと思ってたけど――」

レギーナとエルフィーネから、合流できないと連絡があった。

通常であれば、付近にいる別の部隊に編成されるのだが、このあたりに展開しているのは、本来、まだ実戦に出るべきではない初等生の部隊だ。

咲耶と連携を取ることは難しい。――というか、勝手知ったる第十八小隊以外の部隊では、連携を取ることはまず不可能だ。

〈聖剣学院〉の要請は無視して、遊撃兵として戦うことにする。

元々、彼女は一人で〈ヴォイド〉を狩るのが性に合っているのだ。

「ひとまず、戦力の手薄なところに向かうかな――」

袖口からモナカをひとつ取り出して、頬張《ほおば》った。

「〈聖剣〉アクティベート――〈雷切丸《らいきりまる》〉！」

〈聖剣〉を手に、常人の目にはとまらぬ速度で、屋根から屋根へ跳ぶ。

（……第Ⅳエリア、アタッカータイプが少なすぎるな）
端末で〈聖剣士〉の配備状況を確認し、移動する。
〈雷切丸《らいきりまる》〉の〈加速〉の権能を使えば、五分とかからず到着するだろう。
――と、不意に。
前線と離れた別のエリアで、端末に表示されている、〈聖剣〉の反応が消失した。
（……ん？）
高層建築物の谷間を駆けながら、咲耶《さくや》は訝《いぶか》しむ。
目視する限り、このエリアには、まだ〈ヴォイド〉は到達していないはずだ。
（……端末の故障？　こんなタイミングで？）
ただの故障かもしれない。〈ヴォイド〉の瘴気《しょうき》による妨害の可能性もある。
……けれど、なにか嫌な予感がした。
「――見に行くだけ、行ってみるか」
咲耶はキッと急制動をかけると、九十度方向転換して駆け出した。

◆

帝国標準時間一八三〇《ヒトハチサンマル》――〈第〇七戦術都市《セヴンス・アサルト・ガーデン》〉第Ⅷ未開発エリア。

クロヴィアとエルフィーネは〈愛《スニーク・リング》しき指輪〉の能力で存在を消し、下層に向かった。

「こんなところに、フィレットの機密施設があったなんて……」

唖然《あぜん》として呟《つぶや》くクロヴィア。

貨物運搬用の昇降機をハックし、地下の階層へ降りていく。

通常の市街マップはもちろん、軍のデータにも存在しない場所だ。

「この第Ⅷエリアは、フィレットの主導で増築された。元々、地下の機密施設を建造するための計画だったんでしょうね」

と、エルフィーネ。

昇降機を降りると、〈天眼《アイ・オヴ・ザ・ウイッチ》の宝珠〉の導きに従い、通路を歩いて行く。

「フィーネちゃん、〈ヴォイド〉の一部が〈第〇七戦術都市〉に到達したそうよ」

クロヴィアが端末に眼《め》を落とした。

「そう。急がないとね……」

エルフィーネの〈聖剣〉の力は、前線で必要とされているだろう。

すぐに駆け付けるべきだ。

しかし、それより、先に調べなければならないことがあった。

「……一体、ここになにがあるの？」

「足りないものがあるの」

「足りないもの？」

「ええ。機密リストで確認できなかったものよ」

と、頷《うなず》くエルフィーネ。

〈魔剣計画《D.project》〉の要となる技術――〈人造人間《ホムンクルス》〉だ。

フィンゼルは〈桜蘭《おうらん》〉の〈剣鬼衆《けんきしゅう》〉を被検体として、〈人造人間〉を生み出した。

〈人造人間〉に〈魔剣〉を宿す計画は、すでに成功していたようだ。

（……おそらく、わたしの研究データを使ったのでしょうね）

だが、その検体は、機密リストのどこにも記録されていなかった。

〈第〇四戦術都市《フォース・アサルト・ガーデン》〉で製造していた可能性もあるが、搬入されていないのは不自然だ。

実際、リーセリアたちが、エルフィーネを救出するために研究施設に乗り込んだとき、咲耶《さくや》が〈魔剣〉を使う、〈剣鬼衆〉の人造人間を目撃しているのだ。

二人の目の前に巨大な隔壁が出現した。

エルフィーネは〈天眼の宝珠《アイ・オヴ・ザ・ウイッチ》〉を使い、隔壁のロックを解除する。

隔壁が開くと、そこは広大な球形の空間だった。

目の前に現れた光景に、クロヴィアが思わず、口もとを押さえた。

「なに、これは……？」

聖剣学院の魔剣使い

Demon's Sword Master of Excalibur School

第五章　獣王乱舞

——〈聖神暦〉四四七年。

シドンの荒野にて。〈魔王軍〉と〈六英雄〉の最後の戦いが決着を迎えた。

魔物たちは力を失い、人類は束《つか》の間《ま》の平和な時代を謳歌《おうか》した。

しかし、その平和な時代は長く続かなかった。

——〈魔王軍〉壊滅の八年後、再び戦乱がはじまった。

戦火はまたたく間に大陸中に広がり、国は国に、人は人に、まるでなにかに焚《た》きつけられたかのように、血と殺戮《さつりく》に熱狂した。

その頃、〈六英雄〉はすでに歴史から消えていた。

〈魔王〉と戦う力を得るため、〈光の神々《ルミナス・パワーズ》〉の祝福による禁忌の進化を繰り返した英雄たちは、進化の限界に到達し、自壊を始めていた。

——その中で、ただ一人。

〈剣聖〉だけは自我を保ち、人類と共にあった。

彼は〈光の神々〉の祝福を、繰り返し受けることを拒んだためだ。

〈剣聖〉は、完全な化け物になることを拒み、人類を守る英雄であろうとし続けた。

しかし、そんな彼の信念は、大いなる矛盾を孕《はら》んでいた。
彼の仕えた王国は、〈魔王戦争〉で疲弊した諸国を蹂躪《じゅうりん》し、強大な帝国となった。
暴走した帝国による、殺戮と圧政。その末に——
彼は遂《つい》に嘗《かつ》ての祖国、ログナス王国を滅ぼした。
親しかった者をその手で殺し、王都〈ウル＝シュカール〉を焼き払った。
忠義を誓った王をその手で殺し、その子供たちを皆殺しにした。
だが、それでは終わらなかった。
人々によって打ち立てられた新たな王国は、人々に対して剣を向けた。
最初は、守るための戦いだったのかもしれない。
しかし、それが怨讐《おんしゅう》の連鎖に変わるのに、時間はかからなかった。
そんなことが、何度も、何度も繰り返された。
絶望の中、それでも彼は人々のために剣を握り、戦場に在り続けた。
返り血と、憎悪と怨嗟《えんさ》の声に塗《まみ》れた英雄の魂は——
徐々に虚無に蝕《むしば》まれていった。

◆

「──おいおい、楽しそうな宴《うたげ》じゃねえか」

白銀の鎧《よろい》に身を包んだ、白虎族の〈魔王〉。

〈獣王〉──ガゾス・ヘルビーストが、牙を剥《む》きだし、凶暴に嗤《わら》った。

「ガゾス⁉　お前もここに取り込まれたのか？」

起き上がった〈巨骸兵《デス・マキーナ》〉の上で、レオニスが声を上げる。

〈次元城〉の戦いに赴く際、レオニスは〈獣王〉に声をかけなかった。

万が一の事態に備え、〈第〇七戦術都市《セヴンス・アサルト・ガーデン》〉に残しておいたのだ。

以前、レオニスとガゾスとの間で交わされた取り決めで、〈狼魔衆《ろうましゅう》〉に所属する獣人族の半数以上が、〈獣王〉の支配下に入ることになった。

〈第〇七戦術都市〉が危機に陥った時、ヴェイラやリヴァイズと違い、自分の配下を守るために戦うだろうと読んだのである。

レオニスとしては、できれば、〈第〇七戦術都市〉のほうにいて欲しかったが、どのみち、この戦闘狂が大人しくしていられるはずもない。

「ふん、先に走ってったくせに、随分遅かったじゃないの」

ヴェイラが不敵に笑った。

戦闘に入る前、なにか言いかけたのはガゾスのことだったらしい。

「俺はお前たちと違って、相棒の〈風翼竜〉がいねえと飛べねえからな。化け物どもを蹴散らしながら森を突っ切ってきたんだ。そしたら、空に浮かんだ、真っ黒い太陽みてえなのが突然、爆発して――」

■■■■■■■■■■■■■ッ――！

〈ヴォイド・ゴッド〉が咆哮《ほうこう》し、ガゾスめがけて大太刀《おおだち》を振り下ろした。

「愉《たの》しい宴の真っ最中に、巻き込まれちまったってわけだ！」

ギイイイイイイイイイイイッ！

一閃《いっせん》。振り下ろされた鉄塊のような刃《やいば》を、〈獣王〉の豪腕が弾《はじ》く。

否《いな》、その手には何時《いつ》の間にか、得物が握られていた。

全長二メルトほどもある両刃の大剣だ。

骨のような肉厚の刃に、無数の牙がびっしりと生えている。

獣魔剣――〈グラン・ビースト〉。

正確には武器ではない。この剣は、生きた魔獣なのだ。

「はっ、この化け物は、少しは食い出がありそうじゃねーか！」

ガゾスが地を蹴った。

「待て、ガゾス――！」

レオニスが咄嗟《とっさ》に叫ぶが、

「うおらあああああああっ！」

〈ヴォイド・ゴッド〉めがけ、一気に跳躍し──

片手に構えた〈グラン・ビースト〉を振り下ろす。

獣魔剣の刃《やいば》に生えた無数の牙が〈ヴォイド〉の化け物を挽《ひ》き潰《つぶ》し、弾《はじ》け飛んだ肉塊が、あたりに瘴気《しょうき》を撒《ま》き散《ち》らした。

〈獣王〉が獰猛《どうもう》に吼《ほ》える。

その白銀の体毛が一気に逆立ち、眩《まばゆ》い光を放った。

魔力光ではない。

（……〈獣王〉の生命力──闘気を炸裂《さくれつ》させる技か⁉）

レオニスは刮目《かつもく》する。

「──喰《く》らいやがれ、〈獣王壊烈斬《じゅうおうかいれつざん》〉！」

〈ヴォイド・ゴッド〉の肉塊が、内側から爆発。

閃光《せんこう》が爆《は》ぜ、巨大な肉塊の三分の一が弾け飛んだ。

「おらああああああっ！」

咆哮《ほうこう》し、更に両手に握った獣魔剣を振り下ろすガゾス。

ギャリリリリリリリッ！

──が、その刃は、〈ヴォイド・ゴッド〉の腕の握る〈殺竜丸《さつりゅうまる》〉に阻まれる。

「はっ、そうこなくちゃ……なあっ！」

ガゾスは踏み込み、力任せに獣魔剣を振るった。

巨剣どうしの刃が擦《こす》れ合い、闇の中に激しい火花が散る。

「へえ、やるわね、あの剣と互角に打ち合うなんて！」

ヴェイラが素直に賞賛する。

あの大太刀《おおだち》による斬撃は、ヴェイラでさえ、籠手《こて》で受けることしか出来なかった。

純粋な肉体の力は、〈魔王〉の中で、〈獣王〉ガゾス＝ヘルビーストが最も強い。

（勝算が出てきたな――）

レオニスはふっと嗤《わら》うと、〈封罪の魔杖《まじよう》〉に魔力を込める。

レオニスの〈巨骸兵《デス・マキーナ》〉が地響きを立てて突進した。

ガゾスと剣戟《けんげき》を繰りひろげる〈ヴォイド・ゴッド〉めがけ、拳を振り下ろす。

〈剣聖〉の腕が即座に反応し、大太刀の刃で骨を斬り飛ばした。

「おおおおおっ――獣王餓喰斬《じゆうおうがしよくざん》！」

ガゾスの獣魔剣が、振り下ろされる。

――が、〈剣聖〉の腕は即座に切り返し、ガゾスの刃を弾く。

「……っ、レオニス、どういうことだ！」

舌打ちして、ガゾスは叫ぶ。

「この剣技は、まさか――」

「ああ、あれは――〈剣聖〉の腕だ」

と、答えるレオニス。

金色の眼《め》がわずかに見開かれるが、

「……!」

「――そう、か……!」

すぐに得心いった、と言うように低く唸《うな》る。

〈獣王〉も、最初の数合の打ち合いで、感じ取っていたはずだ。

ガゾス・ヘルビーストを殺したのは、他ならぬ〈剣聖〉なのだから。

「この化け物が、〈剣聖〉ってわけかよ――!」

剣戟《けんげき》の火花を散らし、ガゾスが吼《ほ》える。

主《あるじ》に呼応するように、獣魔剣がガチガチと牙を打ち鳴らした。

一〇〇〇年前の宿敵を前にして、歓喜しているのだ。

「嬉《うれ》しいぜっ、貴様とまた戦えるとはなあああっ!」

ガゾスが獣魔剣を振りかざした。

白銀の鎧《よろい》を纏《まと》ったその巨躯《きょく》から、黄金色の闘気が放出される。

「消し飛べっ――獣王破閃光《せんこう》!」

闘気を帯びた〈グラン・ビースト〉の刃《やいば》が、〈剣聖〉の剣技を一瞬、圧《お》した。

否《いな》、剣技ではない、それは純粋な力の暴威。

いなすことも、受け流すこともできない、破断の太刀《たち》だ。

ミシッ――〈殺竜丸《さつりゆうまる》〉の刃に亀裂が奔《はし》った。

同時、レオニスの破壊魔術が完成する。

「第十階梯《かいてい》魔術――〈極大抹消咒《メルド・ガイズ》〉！」

〈封罪の魔杖《まじよう》〉で増幅した最大威力の魔術が、〈ヴォイド・ゴッド〉に炸裂《さくれつ》する。

「――竜王光魔閃《ドラグ・シエイズ》！」

「――海魔閃斬《シャリア・シエイズ》！」

ヴェイラとリヴァイズも、同時に魔術を放った。

ズオオオオオオオオオオオオオオオオン！

吹き荒れる爆風。巨大な火柱が荒野を明々と照らし出す。

「……っ、お前らっ、俺まで巻き込む気か！」

間一髪、退避したガゾスが怒鳴った。

「つーかよ、〈剣聖〉は俺の宿敵だ。手を出すな」

「宿敵というなら、俺もそうだ。奴《やつ》には何度も殺された」

腕組みしつつ、答えるレオニス。

「あたしも、あいつに尻尾《しっぽ》を斬られたわ」

「私は奴《やつ》と戦ったことはないが――」

と、水の膜を張り、宙に浮かんだリヴァイズが、火柱を見下ろした。

「あれと一騎打ちなどと、愚かなことは考えないほうがよいぞ」

「……っ!?」

と――

■■■■■■■■■■■■ッ――――!

炎が吹き散らされ、〈ヴォイド・ゴッド〉が姿を現した。

「……なっ!?」

「今ので、まったくダメージを負ってねえ、だと?」

「それどころか、〈剣聖〉の意識を目覚めさせてしまったようだ」

「なに……?」

ガゾスが眼《め》を見開く。

再生する〈ヴォイド・ゴッド〉の肉塊から、また新たな腕が生えていた。

「化け物め……」

「奴に再生の時間を与えるな」

と、リヴァイズが鋭く声を発した。

空中に無数の魔法陣が展開、氷槍《ひょうそう》が降りそそぐ。

「……っ、第八階梯《かいてい》魔術――〈極大消滅火球《アル・グ・ベルゼルガ》〉！」

レオニスも続けて魔術を放った。

ズオンッ、ズオンッ、ズオオオオオオオンッ！

巨大な火柱が次々と吹き上がり、荒野が灼熱《しゃくねつ》の溶岩に変化する。
■■■■■■■■■■■■ッ――！
咆哮《ほうこう》。〈ヴォイド・ゴッド〉の肉塊が蠢《うごめ》き、無数の瘤《こぶ》が発生する。

その瘤が次々と弾《はじ》け、新たな〈ヴォイド〉の化け物が産み落とされた。

「ちっ――〈極大重波《ヴィラ・ズオ》〉！」

産み落とされた大小の〈ヴォイド〉の群れを、重力球で挽《ひ》き潰《つぶ》す。

〈ヴォイド・ゴッド〉が、レオニスに注意を向けた。

大太刀《おおだち》を握った〈剣聖〉の腕が、レオニスの乗る〈巨骸兵《デス・マキーナ》〉に振り下ろされる。

「……っ！」

「おおおおおおおおおっ！」

ギイイイイイイイッ！

ガゾスの獣魔剣が、大太刀の一撃を受け止めた。

凄《すさ》まじい膂力《りょりょく》で、〈剣聖〉の繰り出す刃《やいば》を弾き返す。

「――ガゾス、そっちの腕は釘付《くぎづ》けにしときなさい！」

と、ヴェイラが真上から飛び込んだ。

「はあああああっ――〈竜王覇焔拳《えん》〉！」

拳に紅蓮《ぐれん》の焔《ほのお》を纏《まと》い、真下の〈ヴォイド・ゴッド〉に叩《たた》き込む。

――が、その拳は――

新たに生まれた、もう一本の〈剣聖〉の腕に阻まれた。

「……っ、対空防御も完璧ってワケ⁉」

二本目の腕が握っているのは、柄と刃《やいば》が一体になったタイプの壊剣だ。そちらの武器に心当たりはないが、〈殺竜丸《さつりゅうまる》〉に匹敵する業物であるのは間違いあるまい。

巨大な刃の腹を蹴り上げ、ヴェイラは跳躍した。

燃え盛る緋色《ひいろ》の髪が、闇に尾を曳《ひ》いて踊る。

〈ヴォイド・ゴッド〉の追撃が繰り出される。

跳び下がるヴェイラめがけ、壊剣を振り下ろした。

片腕でガゾスと互角の剣戟《けんげき》を繰り広げつつ、もう片方の腕でヴェイラを相手取る。

（〈剣聖〉の意識が、覚醒しはじめているのか――）

レオニスは眼《め》を見張った。

元のシャダルクのものとは似ても似つかぬ、異形の腕ではあるが。

好敵手たる〈魔王〉との戦いの中で、本来の剣士の勘を取り戻しつつあるようだ。

（このまま戦いが長引けば、まずいことになるな――）

〈剣聖〉の弟子であったレオニスは、彼の本当の剣技を知っている。

――あんなものではない、本来の〈剣聖〉の技は。

「攻めあぐねているな――」

と、リヴァイズがレオニスに声をかけてくる。

〈海王〉も〈巨骸兵《デス・マキーナ》〉の上で、前線の〈獣王〉と〈竜王〉を援護している。

「――ああ。あれは、虚無の化け物を無限に生み出す胎《はら》。最高位の魔術であれば、多少はダメージを与えられるようだが、たちまち復活してしまう」

〈封罪の魔杖《まじょう》〉を握りしめ、レオニスは苦々しく唸《うな》った。

「うむ、あれに性質の似た生命体を、よく知っている――」

「なに？」

「――リヴァイアサンだ」

と、リヴァイズは言った。

「なるほど。たしかに――」

〈海王〉の片割れにして、最強の生命体――大海獣〈リヴァイアサン〉。

あの大海獣も、無尽蔵の回復力を備えた化け物だった。

「リヴァイアサンに、弱点は？」

問うと、少し考えて、〈海王〉は言った。

「――ない」

「そうか――」

レオニスは嘆息し、〈ヴォイド・ゴッド〉に破壊魔術を放った。

轟音《ごうおん》。荒野に複数の火柱が噴き上がる。

決め手にはならないが、常に攻撃を続けなければ、完全に回復されてしまう。

「レオニスよ。汝《なんじ》こそ、切り札はないのか?」

と、巨大な氷槍《ひょうそう》の雨を降らせつつ、リヴァイズが訊《たず》ねてくる。

「――ないではないんだが、な」

〈魔剣〉――ダーインスレイヴではない。何度か抜こうと試みてはいるのだが、やはり、〈ヴォイド・ゴッド〉は〈鬼神王〉を取り込んでいるため、抜くことはできない。

となると、レオニスのもうひとつの切り札は――

レオニスは、左手に視線を落とした。

――〈EXCALIBUR.XX《エクスキャリバー・ダブルイクス》〉。

ロゼリアが因果の糸を紡ぎ、リーセリアが過去のレオニスに渡した〈聖剣〉。

〈聖剣〉は、〈ヴォイド〉を滅ぼす為《ため》に生み出された力だ。

あの〈ヴォイド・ゴッド〉にも効くだろう。

――しかし。

（……さすがに、相手が悪い）

レオニスは拳を握りしめた。

人間の勇者であった頃でさえ、シャダルクに剣技で勝つことはできなかった。

今のレオニスが、〈剣聖〉の斬撃をかいくぐり、一撃を加えることはかなり難しい。

（ブラッカスがいれば、肉体を強化できたんだがな……）

いや、たとえブラッカスがいたとしても、無謀なことに変わりはあるまい。

レオニスも、機会を窺《うかが》ってはいる。

しかし、〈獣王〉と〈竜王〉を同時に相手取りながら、なおまったく隙が無い。

〈聖剣〉は、魔力ではなく、使い手の魂を消耗する。

それは、リーセリアやレギーナたちと変わりはない。〈聖剣〉の扱いに慣れていないレオニスは、ごく短時間しか〈聖剣〉を顕現させられない。

ゆえに、絶好の機会を窺い、一撃で仕留めなければならないのだ。

「あるのだな？」

「ああ。だが、しくじれば、次はない」

「――そうか。では、なんとかしよう」

「リヴァイズ？」

レオニスが振り向くと、〈海王〉は宙に飛び上がった。

「私の切り札を使う。いっとき、時間を稼いでくれ」

透き通った水の羽衣が、淡い輝きを放つ。

組み合わせた両手のひらに、膨大な魔力が収斂《しゅうれん》する。

(第十一階梯《かいてい》魔術を使うのか……！)

第十階梯を超えた超高位魔術は、〈魔王〉の中でも、扱える者は少ない。

全盛期のレオニスとリヴァイズ、アズラ＝イルくらいのものだろう。

(……第十一階梯魔術ならば、たしかにあの化け物も止められるだろうが)

さしもの〈海王〉も、そう軽々に唱えられるものではない。

膨大な魔力を消耗し、発動にも時間がかかる。

術者を守る者がいて、初めて唱えられるものなのだ。
■■■■■■■■■■■■ッ――！
頭上で生まれた魔力の気配に、〈ヴォイド・ゴッド〉が反応した。

混沌《こんとん》の肉塊から生まれた竜が鎌首をもたげ、真紅の閃光《せんこう》を放つ。

「――っ、〈雷咒光破《ヴィグ・ライア》〉！」

咄嗟《とっさ》に、レオニスは魔術を発動。閃光を撃墜する。

「護衛は任せたぞ、レオニスよ」

「……っ、どのくらいだ！」

「あと三十秒は保《も》たせてくれ――」

「……無茶《むちゃ》を言う」

レオニスは冷や汗をぬぐい、〈封罪の魔杖《まじよう》〉に魔力を込めた。

「ヴェイラ、ガゾス！　リヴァイズが大技を仕掛ける、発動まで時間を稼げ！」

〈ヴォイド・ゴッド〉と剣戟《けんげき》を繰り広げる二人の魔王に叫ぶ。

「この〈獣王〉に時間稼ぎをしろだと!?」

「悪いけど、そんな余裕ないんだけどっ――」

闇の中に閃《ひらめ》く斬光。ほとばしる火花。

〈剣聖〉の巨腕は、〈竜王〉と〈獣王〉を相手に圧倒している。

……また一段と、剣の冴《さ》えが増しているようだ。

（……っ、なんにせよ、このままではまずいことになる、な）

レオニスは〈巨骸兵《デス・マキーナ》〉に魔力を送り込み、破壊された半身を修復する。

「――シャダルク！」

〈巨骸兵〉が地響きをたてて突進する。

その骨が、青白い魔力を帯びて激しく輝く。

「――ガゾス、〈剣聖〉の腕を押さえておけ！」

「ちっ、俺に命令すんな──！」
ガゾスが気勢を上げた。
獣魔剣〈グラン・ビースト〉の牙が、〈剣聖〉の腕に食らいつく。
「う、おおおおおおおおおっ！」
〈獣王〉の体躯《たいく》が膨れ上がった。
白銀の毛皮が逆立ち、凄《すさ》まじい闘気をほとばしらせる。
〈剣聖〉の巨腕が抑え込まれた、そこへ──
レオニスの〈巨骸兵《デス・マキーナ》〉が、飛びかかった。
〈巨骸兵〉を構成する無数の骨が、〈ヴォイド・ゴッド〉の肉塊に楔《くさび》を打つ。
レオニスはすでに宙に退避していた。
ふっと嗤《わら》い、指をパチリと鳴らす。
「──崩魔死爆咒《フロウ・ゾーラ》！」
刹那。〈巨骸兵〉の全身が眩《まばゆ》く発光し──
ズオオオオオオオオオオオオオン！
〈ヴォイド・ゴッド〉を巻き込んで、爆発した。
〈巨骸兵〉のパーツに宿った怨念を、すべて魔力に等価変換し、自爆させる。
七星の暗殺者の使う、〈死爆咒《じゅ》〉の応用だ。

怨念を魔力として消費するため、二度と不死者《アンデッド》として利用することはできないが、その威力は第十階梯《かいてい》の破壊魔術さえ凌駕《りょうが》する。

飛散した無数の骨の破片から身を庇《かば》いつつ、レオニスは地面にタッと降り立った。

「――ちょっとレオ、いきなりなにするのよ！」

宙に浮かんだヴェイラが、怒りの声をレオニスに向ける。

直前で離脱し、巻き込まれるのを回避したようだ。

「お前なら、意図を察すると思っていた」

レオニスがそう嘯《うそぶ》くと、

「……ま、まあね！」

ヴェイラは少し照れたように、ふいっと眼《め》をそらす。

ガゾスのほうは巻き込まれたようだが、まあ、奴《やつ》は頑丈だ。

――と、その時。

「……！」

あたりの温度が一気に低下し、荒野が霜に覆われた。

（……完成したか！）

闇の中に響き渡る、冷厳たる声。

「凍える魂よ、永久の宮殿に、眠れ――〈絶対氷河結界《レイ・ザヴア・コキュートス》〉」

〈海王〉――リヴァイズ・ディープ・シーの第十一階梯《かいてい》魔術が発動する。
ピキッ……ピキッ……ピキピキピキピキピキッ――
虹色に輝く氷の絶界が、〈ヴォイド・ゴッド〉の本体を閉じ込める。
時間さえも凍《い》てつかせる、絶対魔氷の檻《おり》。
「よくやったぞ、〈海王〉よ――」
レオニスは尊大に呟《つぶや》くと、〈封罪の魔杖《まじょう》〉を影の中に放った。
眼《め》を閉じる。左手に意識を集中し、剣の形をイメージする。
ロゼリア・イシュタリスの紡ぎ出した、運命の糸。
一〇〇〇年前、リーセリアに与えられた、最強の剣を――
「〈聖剣〉――アクティベート」
闇を圧する閃光《せんこう》が溢《あふ》れ――
レオニスの手に、ひと振りの剣が出現する。
その刃《やいば》に――〈EXCALIBUR.XX《エクスキャリバー・ダブルイクス》〉と銘打たれた〈聖剣〉が。
同時、レオニスは地を蹴って走った。
〈聖剣〉を両手に構え、一気に距離を詰める。
ピシッ――と、魔氷の檻に亀裂がはしる。
(もう出てくるのか!)

レオニスは胸中で唸《うな》った。
〈海王〉の第十一階梯魔術が、ほんのわずかな足止めにしかならない。
〈ヴォイド・ゴッド〉の全身が発光する。魔氷の檻を一気に破壊する気なのだろう。
（……させるかっ！）
〈EXCALIBUR.XX〉の刃が、その光輝を増した。
魂を奪い尽くされるような感覚に、一瞬、意識が遠くなる。
「……っ、おおおおおおおおおおおおおおおおっ！」
裂帛《れっぱく》の気勢を放ち、レオニスは踏み込んだ。
と――
……レ……――オ……ニ……――ス……！
（……なっ!?）
その声に、レオニスの足が一瞬止まった、刹那。
■■レ■■■■ニ■■ス■■■――……！
リイイイイイイイイッ！
咆哮《ほうこう》と共に、魔氷の檻が砕け散った。
（……しまっ――）
レオニスは〈聖剣〉の刃を振り下ろすが――

触手のようにのたうつ〈ヴォイド〉が、レオニスの全身に絡みついた。

「……くっ！」

いかに強大な魔力を宿そうと、肉体のほうは十歳の人間の子供にすぎない。

レオニスの身体《からだ》は一瞬で、肉塊の中に引きずり込まれる。

「――こ、の……――！」

意識の集中を失い、〈聖剣〉が消失する。

〈聖剣学院〉の学生であれば、負傷などである程度集中を失っても〈聖剣〉を維持する訓練を受けているが、レオニスは〈聖剣士〉としては素人同然だ。

〈ヴォイド・ゴッド〉が蠢動《しゅんどう》し、口を開けた。

ただ無限の虚無のみが広がる、深淵《しんえん》。

――と、その時だ。

なかば失われた視界の端で、わずかに煌《きら》めくものがある。

砕けた魔氷の欠片《かけら》――そこに、映り込んだ影があった。

（……リヴァイズ⁉）

「――お前は切り札だ。ここでは失うわけにはゆかぬ」

魔氷の欠片が爆《は》ぜ、リヴァイズが出現した。

虚無の闇の中、淡い燐光《りんこう》を放つ紫水晶《アメジスト》の髪が翻《ひるがえ》る。

おそらく、シャーリやブラッカスが、影を介して移動するように――

飛散した魔氷の反射光を介して、瞬間移動したのだろう。

「――〈海魔閃斬《シャリア・シェイズ》〉！」

放たれた水の刃《やいば》が、レオニスを捕らえた〈ヴォイド〉の触手を切断した。

「――レオニスよ、あとは頼んだぞ」

「――リヴァイズ！」

叫び、レオニスは手を伸ばすが――

リヴァイズの身体は無数の触手に絡みつかれ、虚無の闇の中に呑《の》み込《こ》まれる。

「――レオ！」

落下するレオニスの襟首を、ヴェイラが掴《つか》んだ。

〈ヴォイド・ゴッド〉から距離をとりつつ、追いすがろうとする〈ヴォイド〉の触手を、竜の炎で焼き尽くす。

「……っ、〈海王〉が、奴《やつ》に取り込まれた――」

レオニスが歯噛《はが》みした。

「……っ、俺の失態だ」

あの時、聞こえてくるはずのない声に動揺してしまった。

（……俺の〈聖剣〉に、奴の深層意識が反応した？　それとも――）

「──見て、奴《やつ》の様子が変わったわ」

ヴェイラがレオニスを地面に下ろし、〈ヴォイド・ゴッド〉に眼《め》を向けた。

「なんだ……?」

混沌《こんとん》とした〈ヴォイド〉の群れが、凝縮され、圧壊する──

そして──……

◆

〈六英雄〉の魔導師──ディールーダ＝ワイズマン。

魔導の業を極め、人の身にありながら第六階梯《かいてい》の魔術を習得した、大魔導師。

王宮に仕えていた頃は、痩せ細った老人の姿であったと伝えられる。

〈勇者〉レオニスと共に〈魔王〉ゾール＝ヴァディスを倒し、人類の英雄となった彼は、栄光の頂点に至ったが、それで満足することはなかった。

栄誉も名声も、死して無になれば、なんの意味もない。

彼は不死の探求に取り憑《つ》かれ、錬金術と禁忌の死霊術に没頭するようになった。

貧民街で浮浪民や孤児を攫《さら》い、数々のおぞましい魔導実験の生贄《いけにえ》にしたのだ。

しかし、結局、彼の理想とする不死が手に入ることはなかった。

どうすれば、永遠に魔導の探求を続けることができるのか。

彼はただそれだけを、愚直に追い求め、やがてその答えを見出《みいだ》した。

他の生命体と融合し、無限の進化を続ければ、いずれは神の座に至ると。

永遠の不死——その欲望のために、彼は〈光の神々《ルミナス・パワーズ》〉の祝福を受けたのだ。

そして、勃発した〈魔王戦争〉の最中。

魔導師の英雄は、強力な生命体との融合を続けた末に、遂《つい》に最強の生命体——〈リヴァイアサン〉をその身に取り込もうと目論《もくろ》んだ。

〈大賢者〉の策略と〈龍神《りゅうじん》〉の協力によって、〈海王〉の片割れであるリヴァイズを引き離し、〈リヴァイアサン〉と融合することに成功した。

だが、彼が究極の生命体となったのは、ほんのわずかな時間だった。リヴァイズ・ディープ・シーは、その命を賭して、魔導師をリヴァイアサンと共に葬ったのだ。

ディールーダ・ワイズマンの生は、ここで終わった。

しかし、その魂の欠片《かけら》はわずかに残っていた。

◆

(……どういうこと?)

リーセリアは眼《め》を見開き、呆然《ぼうぜん》と立ち尽くした。

〈虚無〉の汚泥の中から現れた、聖服の司祭。

その首には、傷ひとつついていない。

「少し、勿体《もったい》なかったですね」

ディールーダは大仰な仕草で肩をすくめた。

「この端末も、決して簡単に生み出せるものではないんですよ」

「……っ、化け物！」

シャーリが影の短剣を投擲《とうてき》する。

「おっと――」

――が、短剣は光の障壁によって阻まれ、霧散した。

「これ以上、端末を壊されるわけにはいきません」

「シャーリちゃん、さっきのは……幻影だったの？」

「いえ、幻影とは違います。たしかに殺した手応えがありました」

タッと跳び下がって距離を取り、リーセリアを護衛するシャーリ。

「分身体でしょうか。だとすれば、本体はどこに――」

「ふふ、次はこちらから行きますよ」

ディールーダが手を振ると、虚空《こくう》から一本の杖《つえ》が出現した。

節くれ立った木の枝のような杖《つえ》だ。

「〈神聖樹〉より切り出した、魔王殺しの武器《ジ・アーク・セヴンス》――〈ヴラスカ・ゾア〉」

杖が魔力の光を帯びて、煌々《こうこう》と輝く。

「第六階梯《かいてい》魔術――〈聖神光槍《ラーマ・ルミナ》〉」

「……っ、〈血華嵐刃《ブラッディ・ストーム》〉！」

リーセリアは、咄嗟《とっさ》に〈聖剣〉の刃《やいば》を振り抜いた。

吹き荒れる血の刃が、虚空《こくう》から射出される無数の光の槍《やり》を撃ち落とす。

「……くっ――！」

――が、降りそそぐすべての光槍を迎撃することはできない。

周囲に展開するスケルトンの軍勢が粉々に破壊され、光の粒子となって消滅した。

（レオ君から預かった、骸骨兵が……！）

リーセリアは歯を食いしばる。

以前、魔術の訓練中に、レオニスが教えてくれた。

神聖魔術によって破壊された不死者《アンデッド》は、復活することができないのだと。

そして、神聖魔術は、〈吸血鬼の女王《ヴァンパイア・クイーン》〉にもその効力を発揮する。

砕けた光槍の破片が、闇のドレスを引き裂き、じゅっと肌を焼いた。

「……あ、ぐ、うう……！」

「このっ──！」

シャーリが影の刃で、光の欠片《かけら》を弾《はじ》く。

「──なかなかやりますね。以前に端末がまみえた時とは、見違えるようだ」

ディールーダが嗤《わら》った。

「まあ、その時の端末には、わたしの魂は入っていませんでしたがね──」

荒れ狂う血の刃の向こうで、膨大な魔力が膨れ上がった。

ディールーダのはるか頭上に、光り輝く小型の太陽が出現する。

「あれは……第十階梯魔術──〈神罰執行《ラース・イル・ミナス》〉⁉」

シャーリが叫んだ。

「……っ、く……な、に……──」

リーセリアは苦悶《くもん》の声を上げ、その場に跪《ひざまず》く。

血の刃が、虚空に溶けるように消失した。

「魔術で生み出した太陽です。上位種とはいえ、吸血鬼にはこたえるでしょう」

「……あ、くっ……あああああ……！」

リーセリアは、ディールーダをキッと睨《にら》み返した。

降りそそぐ聖光が、リーセリアの全身に焼けるような痛みを与える。

「──っ、これは、まずいですね。逃げますよ」

シャーリがリーセリアの腕を掴《つか》み、〈影の王国《レルム・オヴ・シャドウ》〉を広げようとするが、

「影がない!?」

シャーリがハッとする。

上空の小太陽によって、すべての影が消滅していた。

「同じ手は食いませんよ、影人」

ディールーダが、聖杖《せいじょう》〈ヴラスカ=ゾア〉を打ち下ろした。

「――神罰執行《ラース・イル・ミナス》」

聖なる光の太陽が降下し、地上のすべてを焼き尽くす。

ズウウウウウウウウウウウウウウンッ――!

真っ白な閃光《せんこう》が、リーセリアの視界を塗り潰し――

不死者《アンデッド》の軍勢が、一瞬で消し飛んだ。

「……――――ッ!」

リーセリアの喉から、声にならない悲鳴がほとばしる。

――と、その時。

『――ディールーダ・ワイズマン』

頭の中で声が聞こえた。

(え……?)

すべてを消し飛ばす聖光は――

リーセリアの眼前に現れた障壁で、阻まれていた。

『――望み通り、出てきてあげたよ』

リーセリアの中から、美しい射干玉《ぬばたま》の髪の少女が姿を現した。

「……ロゼリアさん!?」

ハッと蒼氷《アイス・ブルー》の眼《め》を見開く、リーセリア。

ロゼリア・イシュタリスの展開した障壁が、〈神罰執行〉の光を搔《か》き消した。

「……」

「危なかったね、リーセリア・クリスタリア」

と、宙に浮かんだロゼリアが振り返って言う。

「た、助かりました。ありがとうございます、ロゼリアさん」

と、律儀に頭を下げ、礼の言葉を口にするリーセリア。

彼女は力を回復するため、眠っていたはずだが――

リーセリアの危機に反応して、浮かび上がってきてくれたのだろう。

「……!」

と、目の前にひろがる光景に、リーセリアは息を吞《の》んだ。

ディールーダの唱えた第十一階梯《かいてい》魔術の聖なる炎が、不死者の軍勢を完全に焼き尽くし、真っ白な灰に変えていた。

「礼にはまだ早いよ——」

と、ロゼリアはまっすぐ視線を前方に向けた。

「どうも、まずい状況のようだ」

第六章　アルビオン

Demon's Sword Master of Excalibur School

――帝国標準時間一八四〇《ヒトハチヨンマル》。第〇九戦術都市《ナインス・アサルト・ガーデン》〈アルビオン〉。

アレクシオスと騎士の女性に案内され、レギーナは〈精霊統制機関〉のある、地下第七階層まで降下した。

「まずは、姫巫女《ひめみこ》の装いに着替えてください」

大型昇降機の中で、騎士の女性に渡されたのは、大きめのスーツケースだった。

「着替え、ですか？　急いでいるんじゃ――」

「〈始原の精霊《ワイルド・エレメンタル》〉に願い奉るのですから、相応の服装をしなければなりません」

「オルティリーゼに伝わる、姫巫女の正装だ」

と、アレクシオスが言う。

「効果があるかどうかはわからないが、多少は精霊の心証がよくなるかもしれない」

「アルティリア王女殿下も、大切な儀式の際には、ドレスをお召しになりますので」

「……わかりました」

レギーナはスーツケースを受け取った。

昇降機の扉が開くと、まっすぐな通路の先に隔壁があった。

「我々は、ここから先には、進まないほうがいいだろうね」

「はい。〈始原の精霊《ワイルド・エレメンタル》〉は、基本的に人を好みませんので」

「わかりました」

レギーナは頷《うなず》くと、静寂に満ちた通路に足を踏み出す。

「──成功を祈っているよ」

背後で、昇降機の扉の閉まる音がした。

「……えーっと、更衣室……なんて、ないですよねー」

魔力灯に照らされた通路には、壁しかない。

肩をすくめると、しかたなしに、スーツケースを開く。

入っていたのは、純白のドレスだ。

そういえば、アルティリアの着ているドレスも純白だった。

(……〈始原の精霊〉は、白が好きなんでしょうかね?)

そんなことを考えながら、学院の制服を脱いで、下着姿になる。

スーツケースの中に入っていた鏡を見ながら、手早くドレスに着替えた。

王家のドレスとは言うが、装飾はそれほど多くない。

シンプルで清楚《せいそ》な印象だ。

髪にティアラを付け、姫巫女《ひめみこ》の正装は整った。

髪をおろすかどうかはちょっと悩んだが、
（……このままのほうが、わたしらしいですよね）
ツーテールの髪はそのままにしておく。
「よし──」
と、気合いを入れ、〈精霊統制機関〉の隔壁のほうへ歩き出す。
隔壁の前に来ると、認証を求められた。
レギーナの生体コードは、登録されていない。
かわりに、アレクシオスに預かったものをパネルに翳《かざ》した。
ひと差し指に嵌《は》めた、王家の指輪だ。

◇

『──君に渡してくれと、兄上に頼まれた』
言って、アレクシオスは、彼女にその指輪を渡してきた。
『皇帝陛下が……？』
レギーナは翡翠《ひすい》色の眼《め》を丸くした。
〈人類統合帝国〉皇帝──アルゼウス・レイ・オルティリーゼ。

レギーナの実の父親だ。
『兄上は、君のことを気にかけていた』
と、アレクシオスは言った。
『そして、君にしたことを、後悔していたよ』
『皇帝陛下が、本当に……？』
指輪を手にしたまま、レギーナは眼《め》を瞬《しばた》かせる。
彼女の中で、両親に対する思いは、あまりなかった。
会いたいかと言われれば、そこまでではないし、かといって恨んでもない。
たとえ迷信だとしても、立場上、掟《おきて》を破ることはできなかったのだ。
……それは理解できる。
彼女のことなんて、完全に忘れているのだと思っていた。
だから、どんな気持ちで受け取ればいいのか、わからない。
それが、本心なのかどうかも——
『……このことで、僕は君になにかを言える立場にはない』
アレクシオスは俯《うつむ》き加減に言った。
『ただ、僕は兄上のことを少しは知っているつもりだ。たぶん、彼は本当に——』
『——わかりました』

と、レギーナは頷《うなず》いて、手にした指輪をぎゅっと握った。

『大丈夫です。皇帝陛下には、後で会いに行きます』

「……」

『絶対に生き延びて、絶対にこの指輪を返しに行きますから』

◇

——必ず、指輪を返しに行く。

そのために、この〈第〇七戦術都市《セヴンス・アサルト・ガーデン》〉を守って、生き延びなければならない。

王家の指輪が認証され、電子音が鳴った。

ロックが解除され、隔壁の扉がゆっくりと開く。

「……」

扉の向こうに現れたのは——〈第〇九戦術都市《ナインス・アサルト・ガーデン》〉の中枢。

〈ハイペリオン〉の〈精霊統制機関〉とよく似た構造の空間だった。

部屋の中心に、先ほどモニターで見た、巨大な魔力結晶が浮かんでいた。

その淡く輝く魔力結晶の中に、尾の長い、一羽の美しい鳥の影が在った。

翼を閉じて、蹲《うずくま》るように眠っている。

（あれが――精霊〈スィームルグ〉）

レギーナは息を呑《の》み、機関室の中に足を踏み入れた。

サークルの中央まで来ると、ドレスの裾をつまみ、魔力結晶の前に跪《ひざまず》く。

（……機嫌を損ねて、暴れたりしないですよね）

いざ、眼《め》の前まで来ると、不安が頭をもたげてくる。

〈ハイペリオン〉の事件の時は、〈カーバンクル〉と完璧に同調できた。

けれど、あのときは、〈カーバンクル〉がアルティリアを救出するために、積極的に協力してくれていた。

（……けど、やらないわけには、いかないですよね）

両手を組んで、覚悟を決める。

すでに〈ヴォイド〉の群れは〈第〇七戦術都市《セヴンス・アサルト・ガーデン》〉を襲撃しはじめている。

この〈第〇九戦術都市《ナインス・アサルト・ガーデン》〉の力が必要とされているのだ。

サークルの中で、レギーナはゆっくりと立ち上がった。

足もとのサークルが、わずかに発光した。

精霊使いの感度を高める機構らしい。

輝く魔力結晶に、そっと手を触れ、眼をつむる。

『眠れる〈始原の精霊〉よ。我が声を聞き届け給《たま》え――』

触れた指先に意識を集中し、思念を言葉にして伝える。
……精霊と同調する、正式なやり方は知らない。
子供の頃から、こうして人造精霊と心を通わせてきた。
もっとも、人造精霊は簡単な言葉でしかコミュニケートできなかったけれど。
『──どうか、我が声を聞き届け給え──』
声が聞き届けられるまで、繰り返し、愚直に言葉を伝える。
──と。
「……くっ、あああああっ⁉」
突然、頭に激痛が走り、レギーナの指が弾《はじ》かれた。
（……っ、精霊が目覚めた……？）
眼を開け、魔力結晶を見上げる。
だが、結晶の中の精霊は眠ったままだ。
「拒絶された。けど……」
レギーナは呟《つぶや》くと、もう一度、魔力結晶に手を触れた。
「──少なくとも反応はあったってことですよね」
ふっと不敵に微笑《ほほえ》んで、再び思念を送り込む。
『……眠れる、〈始原の精霊〉よ、我が……声、を──』

バヂイッ――！
と、今度は激しい火花が散った。
レギーナの身体《からだ》は弾《はじ》かれ、床に尻餅をつく。
「……～っ、いたた……が、頑固ですねー……」
こめかみを押さえつつ立ち上がり、スカートの裾をなおした。
翡翠《ひすい》色の瞳で、目の前の魔力結晶を睨《にら》み据えると、
「でも、ちゃんと反応はある――ってことはー……」
バッと両手で魔力結晶を挟み込む。
『精霊さん、寝たふりしてる、ってことですよね？』
じーっ……と、魔力結晶の中に眼《め》を凝らし、鳥の姿をした精霊を観察する。
と、ほんのわずかに、羽がぴくっと動いた。
『あ、やっぱり、狸《たぬき》寝入り――ふあああっ！』
バヂバヂバヂッ！
先ほどよりも更に強い痛みが、レギーナを襲った。
「あ……く……痛ったいです……ねー……――」
うめきつつ、また立ち上がって、魔力結晶に触れようとする。
（……完全に、拒絶されてるみたい、ですけど……）

こんなことを何度繰り返しても、無駄なのかもしれない。
——けれど。セリアお嬢様も、レオ君も、フィーネ先輩も、咲耶《さくや》も——
（……みんな、戦ってるんだからっ！）
レギーナは静かに片腕の拳を握りしめると、
「起きろ、このばかああああああああ！」
魔力結晶めがけて強く叩《たた》きつけた。

◆

——〈第〇七戦術都市《セヴンス・アサルト・ガーデン》〉外縁部。対〈ヴォイド〉防衛エリア。
屹立《きつりつ》する攻撃形態のビル群の合間を、青白い稲妻が駆け抜ける。
各所にある索敵用の監視カメラは、閃光《せんこう》の残滓《ざんし》をわずかに映し出すのみだ。
——咲耶である。
壁を蹴って加速しつつ、目的の場所——〈聖剣〉の反応が途絶えた場所へ向かう。
ほかの部隊も、異常は把握しているはずだが、まだ誰も向かっていないようだ。
（……それどころじゃないってことだね）
咲耶は外縁部に視線を向ける。

対〈ヴォイド〉用兵器の高射砲が火を噴いている。
すでに、侵入した〈ヴォイド〉との激しい戦闘が始まっているようだ。
〈ヴォイド〉の数は膨大だ。このままでは防衛ラインの維持もままならないだろう。
(急がないと――)
杞憂《きゆう》であればいいが――胸騒ぎがする。
〈雷切丸《らいきりまる》〉の〈加速〉の権能を最大まで引き出して――
咲耶《さくや》は、〈聖剣〉の反応の消えたエリアに到達した。
タッと地面に降り立つと、青白い雷火が放電する。
(このあたりに展開しているはずだけど……)
咲耶は〈雷切丸〉を静かに構えた。
はるか遠くで聞こえる激しい戦闘の音。
(……静かすぎる)
部隊がいるはずなのに、誰の気配も感じられない。
……やはり、なにか異常な事態が発生しているようだ。
周囲の気配を探りつつ、慎重に進む。
と、建物の角を曲がった先に――
「……!?」

咲耶は眼《め》を見開き、咄嗟《とっさ》に刃《やいば》を正眼に構えた。
めくれ上がった地面の瓦礫《がれき》の上に、学院の制服を着た学生たちが倒れ伏していた。
〈聖剣士〉が十二人。最大規模の小隊だ。
そして、その倒れた学生たちを見下ろすように――
――一人の少女が立っていた。
顔見知りだった。
白銀の剣を手にした、エルフの少女。
「アルーレ……」
咲耶は、彼女の名を口にした。
無論、その口調は親しみあるものではない。
この状況を見た時点で、すでに臨戦態勢に入っている。
だから、これはただの確認でしかない。
彼女に、わずかなりとも、理性が残っているのかどうか。
「――お前も、〈聖剣士〉？」
と、アルーレは訊《たず》ねた。無感情な声で。
「ああ――」
と、咲耶は短く頷《うなず》いた。

「ボクのことは、覚えていないようだね」

……一体、このエルフの少女になにがあったのか。

最後に言葉を交わしたのは、〈虚無世界〉の遺跡だ。

〈虚無世界〉のことをもっと調べる――

そう言って、彼女は咲耶《さくや》の前から姿を消したのだ。

「そう――」

アルーレはぽつりと呟《つぶや》いて――

倒れた〈聖剣士〉たちを見下ろし、手を翳《かざ》した。

――その瞬間、濃密な虚無の瘴気《しょうき》があたりに満ちる。

「……!?」

倒れ伏した〈聖剣士〉たちが、幽鬼の群れのように起き上がった。

肉体の一部が変形し、禍々《まがまが》しい武器の形をとりはじめる。

「……っ、〈魔剣〉――!」

咲耶は唇を噛《か》んだ。

アルーレ・キルレシオがさっと手を振った。

同時、起き上がった〈魔剣〉使いたちが、一斉に咲耶に襲いかかる。

(――加速!)

咲耶は――
抜き打ちに、目の前の一人を斬り伏せた。
二度、三度、紫電の斬光が閃《ひらめ》く。
〈魔剣〉使いたちは、同時に瓦礫《がれき》の上に倒れ伏した。
斬ってはいない。電気ショックで昏倒《こんとう》させたのだ。
（……よかった。手加減ができる）
元となった〈聖剣〉がさほど強力なものではなかったのだろう。
〈雷切丸《らいきりまる》〉を構え、咲耶はアルーレに視線を向けた。
「――雑魚《ざこ》をけしかけても無駄だ。君が来なよ」
そんな挑発に、乗ったわけでもないだろうが――
エルフの少女は、咲耶を冷たく見据えた。
「たしかに、この連中では、お前の〈聖剣〉は奪えまい」
すっと剣を構えた、次の瞬間。
「……っ!?」
その姿が消えた。
パッと散る戦塵《せんじん》。反射的に、〈雷切丸〉を抜き放つ。
ヂイイイイイイイイイッ！

刃《やいば》が擦《こす》れ合い、火花が散った。

（……っ、速い！）

〈時の魔眼〉を使っていなければ、反応できなかった。

――一撃で命を奪う、暗殺者の剣。

「……っ、アルーレ！」

◆

〈第〇九戦術都市《ナインス・アサルト・ガーデン》〉――司令室。

「〈魔力炉〉の出力に変化は――？」

訊《たず》ねるアレクシオスの声には焦燥が含まれていた。

「第一から第七までの〈魔力炉〉、出力に変化はありません」

「……そうか」

アレクシオスは嘆息し、拳を強く握った。

〈始原の精霊《ワイルド・エレメンタル》〉は、レギーナを受け入れなかったようだ。

（……しかたあるまい）

もともと、分の悪い賭けではあったのだ。彼女はアルティリアのように、幼少の頃から

精霊使いとしての訓練を積んできたわけではない。

「いかがいたしますか、帝弟殿下――」

ケルヴィン男爵が判断を仰ぐ。

「コントロールを〈人造精霊《アーティフィシャル・エレメンタル》〉ベースに切り替えてくれ。パフォーマンスは大幅に落ちるが、最低限、機動要塞としての機能は持たせることができる」

「――了解いたしました。多少、時間はかかりますが」

「すまない、急いでくれ。レギーナに通信を――」

と、その時だ。

「……!?　帝弟殿下、お待ちください！」

ケルヴィン男爵が声を上げた。

「〈魔力炉〉の出力の数値に変化が――」

「なんだと……？」

◆

「……っ、お願いしますっ！」

レギーナは魔力結晶に何度も拳を叩《たた》き付けた。

無論、魔力結晶は、拳などでは傷一つつけることはできない。
魔力に弾《はじ》かれるたび、皮膚は裂け、ひどい火傷《やけど》を負う。
何度も、何度も、何度も何度も何度も何度も――
血が出るたびにぬぐい、渾身《こんしん》の力を込めて魔力結晶を叩く。
「みんな、みんな……このままじゃ、死んじゃうんです！」
レギーナはまた拳を打ちつけた。
痛みに耐えて、思念を送り込む。
『もう、二度と――あんな光景は見たくないいいんですっ！』
叫んだ、瞬間。
魔力結晶が、眩《まばゆ》い光を放った。
「……っ!?」
レギーナは思わず眼《め》をつむる。
そして――
『――不躾《ぶしつけ》だな、人間の巫女《みこ》よ』
頭の中に、呆《あき》れたような声が響いた。
「……っ、せ、精霊さん!?」
ハッと顔を上げ、返事をするレギーナ。

魔力結晶の中で、神鳥の姿をした精霊が、彼女を見下ろしていた。

『──なぜ、我を眠りより覚まそうとする?』

レギーナはあわてて乱れたドレスをなおし、居ずまいを正した。

『ご無礼をお許しください、古き精霊〈スィームルグ〉よ──』

神鳥の姿をしっかりと見据えて訴える。

「今わたしたちの都が、〈ヴォイド〉という化け物に襲われています。その化け物に、人類が立ち向かうために、この〈第〇九戦術都市《ナインス・アサルト・ガーデン》〉を動かす必要があるんです」

『──〈ヴォイド〉、世界の理《ことわり》に反する存在、か』

精霊〈スィームルグ〉の声が返ってくる。

『──お前の思念を見た。虚無が、お前達《たち》の都を喰《く》らう光景を』

「……それは、わたしの故郷の記憶です」

と、レギーナは答える。先ほど、思念を叩《たた》き付けたとき、六年前の〈第〇三戦術都市《サード・アサルト・ガーデン》〉の記憶が一緒に流れ込んだのだろう。

『復讐《ふくしゅう》のためか──』

「……」

レギーナは一瞬口を閉ざし、

「……故郷と大切な人たちを奪った〈ヴォイド〉への復讐の気持ちは、あります」

と、正直に答える。

『なぜ、精霊である我が人間に力を貸さねばならぬ？』

「――〈ヴォイド〉に対抗できるのは、人類に宿る〈聖剣〉の力だけです。人類が敗北すれば、世界は虚無に呑《の》み込《こ》まれます」

『……〈聖剣〉。人類の力……？』

と、〈スィームルグ〉は疑問符を浮かべる。

……ずっと眠り続けていたため、〈聖剣〉のことを知らないのだ。

「わたしの思念を見てください」

レギーナはすっと魔力結晶に手を伸ばした。

今度は、拒絶されなかった。

〈スィームルグ〉の意識が、同調するのを感じる。

『――なるほど。〈聖剣〉、あの虚無を祓《はら》う力――……む？』

と、不意に――

〈スィームルグ〉は、頭の中で怪訝《けげん》そうな声を発した。

「な、なんです？」

『……なんと！　巫女《みこ》の娘よ。汝《なんじ》は〈精霊の森〉で、我が王と見《まみ》えたのか！』

「……王？」

なんのことかわからず、きょとんと首を傾《かし》げるレギーナ。

『〈精霊王〉――エルミスティーガ。我ら精霊を統べる者』

「エルミ……? 精霊王?」

眉をひそめるレギーナ。

と、ふと思い出す。

(――たしか、あのエルフの娘が、そんな名前を口にしてたような)

エリュシオン学院で、レギーナとシャトレスが、影の中に連れ去られた時のことだ。

アルーレ・キルレシオが、虚無の世界に現れた巨大な〈ヴォイド・ロード〉を〈精霊王〉と呼んでいた……気がする。

『巫女《みこ》よ――お前は、〈精霊王〉の最期《さいご》を看取《みと》ったのか』

同調が更に強くなった。

レギーナの記憶をつぶさに見ているのだろう。

『〈精霊王〉は虚無に蝕《むしば》まれたか……』

「……はい」

と、レギーナは頷《うなず》く。

『――エルミスティーガ。偉大なる〈精霊王〉までもが、虚無に堕《お》とされた』

〈スィームルグ〉が悲嘆するように呟《つぶや》く。

『しかし、巫女よ。お前の祈りは、最後の慰めになったことだろう』
あの時、〈ヴォイド・ロード〉を鎮めるために〈精霊王〉の神殿で祈りを捧《ささ》げた。
……そのことを言っているのだろう。
魔力結晶の中で、〈スィームルグ〉が翼を広げた。
『──であれば、そなたに報いねばならぬな』
「……え!?」
魔力結晶が眩《まばゆ》い光を放った。
『我が力、お前に貸し与えよう』
「ほ、ほんとですか!?」
と、思わず訊《き》き返すレギーナ。
『──ああ。なにより、我は我が王の仇《かたき》を討たねばならぬ』
厳かな声が響いた、その瞬間。
目の前の魔力結晶が、砕け散った。

◆

「〈魔力炉〉の出力、全機上昇中──」

「通常の限界出力を超えています！」

〈第〇九戦術都市《ナインス・アサルト・ガーデン》〉の司令室にオペレーターの声が響く。

「な、なんだ、一体なにが……」

アレクシオスが呟《つぶや》いた、その時。

「帝弟殿下、モニターが――！」

突然、メインモニターが切り替わった。

映し出されたのは、純白のドレスに身を包んだレギーナだ。

「……!?」

レギーナは、モニターに向かってぐっと親指をたててみせる。

「あの、精霊さん、力を貸してくれるそうです！」

「な……ほ、本当に？」

アレクシオスが眼《め》を見開く。

「はい。一緒に、〈ヴォイド〉と戦ってくれるって――」

レギーナが背後を振り返ると――

そこに、翼を広げた〈スィームルグ〉の姿があった。

『人間に力を貸すのではない。我が王の仇《かたき》を討ち、お前に報いるためだ』

「――だそうです、ツンデレですねー」

『誰がツンデレか！』

〈スィームルグ〉が翼でぺしっとレギーナの頭をはたく。

「お、おおおおおおおおおおおおおおおおお！」

司令室に快哉《かいさい》の声が湧き上がった。

「——レギーナ、よくやってくれた」

アレクシオスが言った。

「〈魔力炉〉の出力オールグリーン、いつでも発進可能です！」

ケルヴィン男爵が言った。

「——王女殿下、早速、発進のご命令を」

「……お、王女殿下……？　って、ひょっとして、わたしのことです？」

戸惑ったように訊《き》き返すレギーナ。

「この〈第〇九戦術都市〉の女王は君だよ、レギーナ」

力強く頷《うなず》くアレクシオス。

司令室のクルーたちが、レギーナの名を呼んで歓声を上げた。

「少なくとも、ここのクルーは君のことを女王だと認めている」

「……えええ～、そ、そういう感じですか……」

困惑したように頬《ほお》をかくレギーナ。

やがて、ふっと肩をすくめ、しっかりと頷《うなず》いた。

「――わ、わかりました」

小さく咳払《せきばら》いして、前方に手を伸ばし――

「第〇九戦術都市《ナインス・アサルト・ガーデン》〈アルビオン〉――浮上せよ！」

第七章　リーセリアの戦い

ディールーダ・ワイズマンは、リヴァイアサンと共に海の藻屑《もくず》となった。

しかし、〈六英雄〉の〈大魔導師〉は、完全には滅びていなかった。

……その魂の欠片《かけら》は、わずかに残っていたのだ。

因果の糸は奇妙な形でめぐる。

奇《く》しくも、〈異界の魔王〉アズラ＝イルの配下であった闇の司祭、ネファケス・レイザードが、リヴァイアサンの残骸を回収するため、最も深き海の底をおとずれた。

だが、彼が海溝で発見したのは、リヴァイアサンではなく、ディールーダの欠片だった。

ディールーダの魂は、徐々に闇の司祭の精神を侵蝕《しんしょく》し、やがて完全に支配した。

ネファケスの知識に触れたディールーダは知ることになる。

はるか未来に、〈叛逆《はんぎゃく》の女神〉が人間の少女に転生することを。

――そして、一〇〇〇年の眠りの後、彼は目覚めた。

虚無の〈女神〉の〈使徒《アポストル》〉として――

◆

「──ああ、ロゼリア・イシュタリス──〈叛逆の女神〉よ」

ディールーダは歓喜の声を上げた。

「あなたにお会いすることを、ずっと焦がれておりました」

「私を喰《く》うことを、だろう──〈魔導師〉よ」

ロゼリアが冷たく一蹴する。

「ずいぶん傲慢だね。神である私を取り込もうと言うのかい？」

「ふふ、神の一部──でしょう？」

ディールーダはニタリと嗤《わら》った。

「力のほとんどは、〈虚無世界〉におわす、もう一人の〈女神〉に奪われた」

聖杖《せいじょう》を振り、虚空《こくう》から漆黒の石を取り出してみせる。

（……あれは!?）

リーセリアは眼《め》を見開いた。

エルフィーネの心臓に埋め込まれていたのと、同じ石だ。

「トラペゾヘドロン──虚無の〈女神〉の欠片。あなたを我が身に取り込み、この欠片と融合すれば、私はあの御方と同じ存在になれる」

「……愚かだね。気付いていないのか」

ロゼリアはぽつりと呟《つぶや》く。

「なに？」

「お前は彼女の〈使徒《アポストル》〉ではなく、人形だよ」

ディールーダの端整な表情が醜く歪《ゆが》んだ。

「囀《さえず》るなよ。偉大なる〈女神〉の残《のこ》り滓《かす》に過ぎない貴様如《ごと》きがっ！」

聖杖《せいじょう》を振るい、ロゼリアめがけて神聖魔術の閃光《せんこう》を放つ。

「——ロゼリアさんっ！」

リーセリアが〈誓約の魔血剣《ブラッディ・ソード》〉を振り抜いた。

虚空《こくう》に生まれた血の刃《やいば》が、閃光を正確に撃ち落とす。

「ふむ、まずはその器から——引《ひ》き剥《は》がす必要がありそうですねえ」

ディールーダが、漆黒の石を足もとの〈虚無〉の泥に投げ込んだ。

——と、泥が激しく泡立ち、複数の〈ヴォイド〉を生み出した。

竜のような、巨人のような、海魔のような、〈ヴォイド〉。

これまでの〈ヴォイド〉とは、明らかに気配が違う。

おそらくは、一体一体が、〈ヴォイド・ロード〉級——

「……っ、シャーリちゃん、影は？」

と、背後のシャーリに鋭く訊《たず》ねる。

「だめですね。〈影の回廊〉は、先ほどの神聖魔術でズタズタです」

「――そう、撤退は無理ね」

「はい」

シャーリが短く頷《うなず》くと、リーセリアは覚悟を決める。

「ロゼリアさん、下がっていてください」

〈聖剣〉の刃を構え、一歩前に踏み出した。

「狙いは、あなたみたいですから」

「いや、そうはいかないんだ、リーセリア・クリスタリア」

ロゼリアは首を横に振った。

「君と私は一心同体だからね。離れることはできないし、君が倒されたら、どのみち私の存在も奴《やつ》に取り込まれてしまう」

「……わかりました」

リーセリアは息を呑《の》む。

撤退はできない。リーセリアが敗北すれば、ロゼリアが取り込まれる。

まさに背水の陣だ。

「勝算は、ありますか？」

「――ない、いまのところは」

ロゼリアは身も蓋もなく即答した。

「奴《やつ》の不死身の仕組みがわからない限りは、ね」

そう、何度でも甦《よみがえ》る、あの司祭の不死身の秘密。

それを解き明かさなければ、希望の目はない。

「さあ、私とひとつになるのです。我が〈女神〉よ」

ディールーダが聖杖《せいじょう》をかかげた。

同時。巨大な〈ヴォイド〉の群れが、一気に押し寄せてくる。

「――リーセリア、君の魂と同調するよ」

「……え？」

宙を漂うロゼリアが、リーセリアの姿に重なった。

「君の〈聖剣〉の力を、引き出してあげる」

「……っ!?」

リーセリアの白銀の髪がふわりとひろがって、魔力の燐光《りんこう》を放った。

〈誓約の魔血剣《ブラッディ・ソード》〉の刃《やいば》が、眩《まばゆ》い光輝を放つ。

「これ、は――!?」

『君の〈聖剣〉の本来の力だよ』

と、ロゼリアの声が脳裏に響く。

『今の私にたいした力はないけれど、このくらいのことはできる。君たち人間に〈聖剣〉の力を与えたのは、私なのだからね』
■■■■■■■■■■■ッ――！
眼前に迫った〈ヴォイド〉が、リーセリアを呑《の》み込《こ》もうとする。

「……っ、はあああああああっ！」

リーセリアは〈誓約の魔血剣《ブラッディ・ソード》〉を振り抜いた。

ザアアアアアアアアッ――！

虚空《こくう》より生み出された無数の紅《あか》い閃断《せんだん》が、〈ヴォイド〉をなます斬りにする。

切断された部位から、虚無の瘴気《しょうき》が鮮血のように噴き出した。

リーセリア自身が、驚きに眼《め》を見開く。

（……っ、これが、〈誓約の魔血剣〉の本当の力!?）

そういえば、〈第〇四戦術都市《フォース・アサルト・ガーデン》〉の地下で、ロゼリアが一時的にリーセリアの身体《からだ》を操り、〈聖剣〉を使ったことがある。あのとき、彼女は強大な〈ヴォイド・ロード〉に変貌したネファケスを、一撃で葬り去ったのだ。

「……ほう、〈女神〉の力というわけですか」

ディールーダが片眉を上げる。

「ですが、いつまでもちますかねえ」

異形の姿をした〈ヴォイド〉たちがふたたび生み出された。

『リーセリア、私の魂は極めて不安定な状態だ。君と同調できる時間は長くない』

「――はい」

と、頷《うなず》くリーセリア。それは、なんとなく察していた。本来、彼女はまだ、表に出てくるほど力を回復していないはずなのだ。

「破《は》っ――！」

リーセリアは裂帛《れっぱく》の呼気を放った。

ほとばしる魔力が、リーセリアの全身を包み込む。

切り札の〈真祖のドレス〉――〈暴虐の真紅《スカーレット・タイラント》〉の形態だ。

（……持久戦は無理、先にあの司祭を倒すしかない――）

真紅のスカートを翻《ひるがえ》し、ディールーダめがけて疾走する。

〈虚無〉の泥の中から、次々と這《は》い出《だ》してくる異形の〈ヴォイド〉。

「はあああああああっ！」

――一閃《いっせん》。

乱れ舞う紅刃が、五、六体の〈ヴォイド〉を同時に斬り伏せた。

タッと地を蹴って、跳躍。瞬時に間合いを詰める。

眼前のディールーダが眼を見開く。

「――〈羅血閃斬《レイ・スカーレット》〉！」

零距離で、必殺の斬撃を放った。

十文字に切断されたディールーダの肢体が宙を舞う。

容赦はない。人の姿はしていても、この男は人類の敵――〈ヴォイド〉だ。

リーセリアはバラバラになった司祭の肉片を、吸血鬼の眼《め》で追った。

（違う、再生じゃない――）

ディールーダの肉片は〈虚無〉の汚泥の中にとぷんと沈み、

「わからないですかねえ、無駄だと――」

「――〈竜血獄焔咆《ブラッディ・ハウル》〉！」

振り向かず、リーセリアは紅蓮《ぐれん》の焔《ほのお》を背後に召喚した。

切り札中の切り札――〈竜王の血《ドラゴン・ブラッド》〉だ。

ゴオオオオオオオオオオオオッ――！

ヴェイラ・ドラゴン・ロードの吐息と同等の熱量を持つ焔が噴き上がる。

断末魔の声さえ響くことなく、背後の気配は完全に消滅した。

――だが。

「驚きました。〈竜王の血〉――そんな切り札まで隠していたとは」

どろり、と――今度はリーセリアの真正面に、司祭が姿を現した。

（……っ、完全に焼き尽くしたはず――）

ディールーダが微笑を浮かべた。

「――〈聖光雷砲《メギド・ライカ》〉」

聖光が爆《は》ぜ、リーセリアの身体《からだ》が吹き飛ばされた。

「……かっ、はっ――」

地面を何度も跳ね、〈虚無〉の泥の中に叩《たた》き付けられる。

「ははは、無様に這《は》いつくばれ――！」

次々と撃ち込まれる聖光球が、リーセリアの全身をいたぶるように穿《うが》つ。

「くっ……あ……！」

苦悶《くもん》の声を上げるリーセリア。

「このっ――！」

シャーリが〈死蝶刃《レフィスカ》〉を投げ放つ。

――が、影の刃《やいば》はディールーダに届くことなく、光の障壁に阻まれた。

「おっと、楽しみの邪魔をしないでください。目障《めざわ》りな蠅《はえ》が――」

泥の中から這い出てきた〈ヴォイド〉の群れが、シャーリに襲いかかる。

「――シャーリちゃん！」

「わたしのことはお気遣いなく！」

シャーリは影の鞭《むち》を取り出しつつ、〈ヴォイド〉の群れを翻弄する。

まとわりつくような〈虚無〉の泥の中で、リーセリアは立ち上がった。

足もとで噴き上がる瘴気《しょうき》が、〈真祖のドレス〉を徐々に蝕《むしば》む。

(……再生でも、蘇生《そせい》でもない。やっぱり、あれは、別の個体――)

『――そのようだね』

同調したロゼリアが脳裏で声を発した。

『――おそらく、どこかに器となる肉体を用意して、死の条件が満たされるのと同時に魂を移行、新たな器を転移する術理なのだろうね』

「……ど、どういうことですか？」

リーセリアには、まるで意味がわからない。

『魂の移行は、アズラ＝イルが似たような魔術を編み出していたな。そういえば、あの司祭の肉体は元々〈異界の魔神〉の配下だったか。その知識を応用して――』

と、リーセリアの頭の中で独り言を呟《つぶや》くロゼリア。

「あの、ロゼリアさん――」

「少しは楽しませてくださいね、せっかくのご馳走《ちそう》なのですから」

ディールーダが哄笑《こうしょう》した。虚空《こくう》に無数の魔法陣が出現、聖光球が放たれる。

横に跳んで回避しつつ、〈聖剣〉の刃《やいば》で弾《はじ》くリーセリア。

『おそらく、魔力は器の肉体に依存している。器を使い潰すのを前提で運用し、強力な魔術を連続で唱えることを可能にしているのだろう。あれは、そのために調律された、魔導師にとって最高の肉体だ――』

ロゼリアの声は脳裏に聞こえ続けている。

湧き出てくる〈ヴォイド〉を斬り裂き、リーセリアはディールーダに接近する。

「はあああああっ――〈血華螺旋剣舞《ブラッディ・スパイラル》〉！」

荒れ狂う血の刃が、〈ヴォイド〉の群れごと、ディールーダを斬り刻む。

『リーセリア、解析サンプルが必要だ。奴《やつ》の破片を――』

（破片――！）

リーセリアは反射的に、斬り飛ばした司祭の手首をキャッチした。

以前なら抵抗があっただろうが、レオニスとの訓練で死体には慣れたものだ。

「無駄、無駄無駄ですよ。この私を、あと九千九百体滅ぼす気ですか？」

斬り伏せた獣型〈ヴォイド〉の腹の中から、涼しい顔をした司祭が這《は》い出《だ》してくる。

「……っ！」

ディールーダの口にした、その絶望的な数に――

リーセリアの足が止まった。

ロゼリアと同調していられる時間は、ごくわずかだ。

〈真祖のドレス〉を着ているため、リーセリア自身の消耗も激しい。
九千九百体。司祭の口にしたその数が、嘘《うそ》や虚仮威《こけおど》しでなければ――
『組成は人間ベース、神経に魔術刻印が施されて――待て、これは!?』
突然、ロゼリアが驚きの声を上げた。
（……ロゼリアさん、どうしたんですか？）
次々と襲い来る〈ヴォイド〉を斬り伏せつつ、訊《たず》ねる。
『この肉体のパスが、まだ繋《つな》がって――ここは、どこだ？』
と、戸惑いの声。
「ここ？」
同時、リーセリアの視界の片方に、別の場所の映像が映し出された。
魔力灯の光が照らし出す、球形の巨大な空間だ。
（これって、どこかの研究所じゃないですか？）
リーセリアは指摘する。
場所は不明だが、これは間違いなく、人類の手による施設だ。
（魂の器にするための人造人間《ホムンクルス》を、秘密裏に保管していた？）
だとすれば、この施設は――
（〈ヴォイド〉の〈使徒《アポストル》〉と関係の深い、フィレットの――）

もっとも、それがわかったところで、今ここで何ができるわけでもない。

器を保管するこの施設が、どこにあるかもわからないのだ。

「さて、そろそろいたぶるのにも飽きてきましたね――」

ディールーダが聖杖《せいじょう》を掲げ、呪文を唱えはじめた。

「不浄な不死者《アンデッド》の眷属《けんぞく》。あなたは、〈女神〉の器には相応《ふさわ》しくない」

――と、その時。

「……っ!?」

ロゼリアと共有する、片目の視界に――ありえないものが横切った。

広大な空間を飛び回る、光球だ。

（――〈天眼の宝珠《アイ・オヴ・ザ・ウイッチ》〉!?）

間違いない。よく似た形の〈聖剣〉は存在するが――

同じ小隊の仲間の〈聖剣〉を、見間違うはずもない。

（どうして、フィーネ先輩が……？）

『――なるほど、ここで彼女と繋がるのか』

「え？」

『君が彼女を救ったことが、彼女と私の因果の糸を導いた――』

と、ロゼリアはそんなことを呟《つぶや》くと。

『──すまない、リーセリア。一時、君との同調を解除する」

「え、ちょっと、ロゼリアさん⁉」

片眼《かため》の視界が通常に戻った。

◆

──〈第〇七戦術都市《セヴンス・アサルト・ガーデン》〉第Ⅷ未開発エリア。地下第六層。

「……ここは、一体なんなの？」

巨大な地下空間の中心で、エルフィーネは呆然《ぼうぜん》と立ち尽くした。

床面の空間を埋め尽くすように、棺《ひつぎ》のような、長方形の白い箱が整然と並んでいる。

まるで、精密機器の内部のようだ。

──どこまで続いているのか。

空間の奥は暗闇になっていて、見通すこともできない。

「これは……百や二百では、ないわね」

クロヴィアが肩をすくめて言った。

「空間面積から概算すると、数千個はあるわ」

「姉さんは計算が得意ね」

エルフィーネは〈天眼の宝珠〉《アイ・オヴ・ザ・ウイッチ》を四機出現させ、周囲の探査にあたらせた。

身を屈《かが》め、箱の表層を確認する。

素材は通常のメタハルコン金属のようだ。

「強固なロックがかかってるわ」

「フィーネちゃんの〈聖剣〉で、壊しちゃえば？」

「乱暴なのは好きじゃないの」

エルフィーネは〈天眼の宝珠〉を箱に近付けた。

宝珠が回転し、すぐにロックの解除される音がした。

さすがね、とクロヴィアが口笛を吹く。

箱のカバーがスライドすると、白い霧のようなものが噴き出した。

「……冷却ガス？」

口元を押さえつつ、箱の中を覗《のぞ》き込むエルフィーネ。

と、その薄闇色の眼が驚きに見開かれる。

「これって……!?」

箱に収められていたのは――人間だった。

〈人類教会〉の聖服を着た、白髪の青年だ。

「どこかで、見たことのある顔ね……」

クロヴィアがハッとして言った。

「そうだ、フィレットの研究所によく出入りしていたわ。名前はたしか……」

「ネファケス・レイザード——〈人類教会〉の司祭」

エルフィーネは〈熾天使《セラフィム》〉の機密ライブラリと照合した。

〈人類教会〉に入り込んだ、虚無の〈使徒《アポストル》〉とフィレット社のパイプ役。

ディンフロードやフィンゼルと、度々密会していた男だ。

「……どうして、この男がここに？」

呟《つぶや》いて、エルフィーネはハッと気付く。

〈天眼の宝珠《アイ・オヴ・ザ・ウイッチ》〉を起動し、ほかの棺《ひつぎ》のロックも解放した。

「……っ!? これって、どういうこと？」

棺の中身を見たクロヴィアが絶句する。

「まさか、ここにある全部が——」

そう、棺に収められていたのは——

エルフィーネの予想通り、同じ姿をした司祭だった。

「完全に同一の遺伝子——〈人造人間《ホムンクルス》〉ね」

エルフィーネが〈天眼の宝珠〉で分析する。

「〈人造人間〉……どうして、そんなものが？」

「……ええ。兵士、にしては妙ね」

たしかに、フィレットは、〈桜蘭《おうらん》〉の傭兵《ようへい》である〈剣鬼衆《けんきしゅう》〉を素体とした〈人造人間〉を秘密裏に製造し、〈魔剣〉の実験に使っていた。しかし、なぜ〈人類教会〉の司祭の人造人間を、それもこれほど大量に用意する必要があるのか――？

数千体の〈人造人間〉。悪夢めいた光景に、吐き気がこみ上げてくる。

――と、その時。

……ジ……ジジッ……と、〈天眼の宝珠〉がノイズのような音を発した。

「な、なに!?」

あわてて振り向くエルフィーネ。

「〈天眼の宝珠〉が、干渉を……？」

〈聖剣〉が干渉を受けるなど、有り得ないことだ。しかし――

『――……え、ている……かい？』

「……だ、誰！」

聞こえてきたノイズ混じりの声に、鋭く訊《き》き返す。

『……〈女神〉……と名乗ったかな、あの時は』

「め、女神……？」

エルフィーネはハッとする。

〈天眼の宝珠《アイ・オヴ・ザ・ウイッチ》〉から聞こえてくるその声には、たしかに聞き覚えがあった。

――〈第〇四戦術都市《フォース・アサルト・ガーデン》〉の地下で目覚めた時、エルフィーネの前に現れた存在。

人類に〈聖剣〉を与えた、星の意志――と、彼女は自身をそう説明し、〈魔剣の女王〉となっていた間のエルフィーネの記憶を取り戻してくれたのだ。

「あ、あのときの……？」

『ああ、覚えていてくれたね』

と、声は少し安堵《あんど》したようだった。

「フィーネちゃん、知り合い？」

「ええ、まあ……ね」

眉をひそめるクロヴィアに、エルフィーネは曖昧に頷《うなず》く。

『私は今、君の〈聖剣〉と同調させてもらっている』

「〈天眼の宝珠〉と？　そんなことが――？」

『前に言っただろう？　君達《たち》の〈聖剣〉は、もともと私の意志を介在して生み出されているものなんだ。まあ、容易《たやす》いとは言わないけどね。やはり、あのとき、君と因果の糸を結んでおいてよかった――と、それどころじゃない、君に頼みたいことがある』

「頼みたいこと？」

『そこにある棺《ひつぎ》を、すべて完全に破壊してほしい』

「……破壊？　ど、どういうことですか？」

『詳しく話している時間はない。リーセリア・クリスタリアが危機なんだ』

「……セリアが？」

　エルフィーネは目を見開く。

『ああ……このまま、で……は——』

　突然、声のノイズが激しくなった。

「どうしたんですか？」

『……——ア……が、た……のむ——』

「……！」

〈天眼の宝珠〉の光が明滅し、声はほとんど聞こえなくなった。

　リーセリアの身になにがあったのか——

　……なんにせよ、事態は一刻を争うようだ。

「なんだったの、今のは……？」

「わからない——けど、この棺を破壊しろって」

「信用できるの？」

「……ええ、それは大丈夫だと思う」

　不審そうなクロヴィアに、エルフィーネは少し考えてから頷いた。

少なくとも、あの〈女神〉はエルフィーネを救ってくれたし、彼女がリーセリアと関わりが深いことは間違いないようだ。なにより、今まさにリーセリアの身に危機が迫っているのなら、逡巡《しゅんじゅん》している時間はない。

「どのみち、この〈人造人間《ホムンクルス》〉をこのままにはしておけないわ。〈使徒《アポストル》〉と呼ばれる〈ヴォイド〉が関わっている以上、人類に仇《あだ》なすものでしょう」

「それはそうね」

と、クロヴィアは肩をすくめて頷《うなず》く。

「けど、これだけの数の棺《ひつぎ》をすべて破壊するのは――」

「ええ……さすがに、時間がかかりそうね」

エルフィーネは、無限に並ぶ棺に目を向けた。〈天眼の宝珠《アイ・オヴ・ザ・ウイッチ》〉の〈魔閃雷光《レイ・オヴ・ヴォーパル》〉は、ピンポイント攻撃に特化しているため、大量破壊には向いていない。

レギーナの〈猛竜砲火《ドラグ・ハウル》〉を最大出力で何十発か放てば、あるいは、この地下空間ごと崩落させることはできるかもしれないが。

（レギーナ、連絡がつかないわね……）

端末に目を落とした、その時。

「――提案」

と、クロヴィアの背負ったコンテナから、声が聞こえた。

「セリアの魔導人形だわ。なにか喋《しゃべ》ってる」

エルフィーネがコンテナを開放すると、シュベルトライテの首がぬっと現れた。

「ええと、シュベルトライテ――ちゃん、起きてたのね」

「マスターの声が聞こえたので、起動しました」

「マスター……って、セリアじゃないの？」

「ママはマスターと同一の存在です」

「……よくわからないけど。まあ、いいわ。それより、提案って？」

エルフィーネは訊《たず》ねる。

このシュベルトライテは、普通の魔導人形ではない。

人類の魔導機器文明さえ、はるかに超えた超高度テクノロジー産物なのだ。そのアドバイスは傾聴に値する。

「この付近に、休眠状態にある〈機骸兵《きがいへい》〉の反応を確認。連鎖自壊を推奨します」

「……〈機骸兵〉――ディンフロードの秘匿していた兵器ね」

〈熾天使《セラフィム》〉のデータベースによると、同一エリアに格納されているようだ。

「連鎖自壊？　つまり、自爆させる……ってことかしら？」

「肯定。〈機骸兵〉には、超小型の魔力炉が搭載されています」

「ふあぁっ、な、なに!?」

「なんですって!?」

クロヴィアの驚く声が響く。

「通常兵器に組み込める〈魔力炉〉なんて、実用化されているわけ――」

「……姉さん、信じがたいけど、どうやら本当みたい」

〈熾天使《セラフィム》〉のデータベースで確認すると、たしかに、メイン動力に魔力炉とよく似た機構が使われているようだ。

「……本当に、そんなテクノロジーが？」

「フィレットの技術じゃないわ。たぶん、〈使徒《アポストル》〉の提供した……」

答えつつ、〈機骸兵《きがいへい》〉の分析を続けるエルフィーネ。

「たしかに、これに内蔵されている超小型〈魔力炉〉を数機、暴走させれば、この階層をまるごと吹き飛ばすことは可能だわ」

「肯定。六機の〈機骸兵〉を自壊させれば十分かと」

「――わかった。他の方法も思い付かないし、試してみる価値はあるわね」

◆

「水鏡流《みずかがみりゅう》、絶刀技《ぜつとうぎ》――〈雷神烈破斬〉っ！」

紫電を帯びた〈雷切丸《らいきりまる》〉の刃《やいば》が、虚空《こくう》を奔《はし》った。

ギイイイイイイッ――！

刃の擦過する音。激しい雷火がほとばしり、かすかなオゾン臭が漂う。

〈雷切丸〉の刃を受けたのは、鋼のバスタード・ソードだ。

小柄なエルフの少女が扱うには、やや大振りな印象を受ける。

（……っ、物理的な武器で、〈雷切丸〉の刃を受けきるなんて）

通常ではあり得ぬことだ。

互角の力で刃を交えたまま、咲耶《さくや》は口を開く。

「――あの時以来だね、君と刃を交えるのは」

「……――」

咲耶がアルーレ・キルレシオと本気で刃を合わせたのは、一度きりだ。

数ケ月《かげつ》前、調査任務で〈第〇三戦術都市《サード・アサルト・ガーデン》〉の廃都を訪れたとき。

しかし、あのとき、アルーレは〈ヴォイド〉との戦いで負傷していて、決して互角の勝負などではなかった。同等の条件なら、間違いなく咲耶が負けていた。

（けど――）

今の咲耶は、あの時とは比べものにならないほど、強くなっている。

命を削り合った、姉との戦いが、彼女の剣を鍛え上げた。

「ふっ――!」
裂帛《れっぱく》の呼気を放ち、刃《やいば》を跳ね上げる。
踏み込んで放った一閃《いっせん》が、アルーレの髪先をわずかに散らした。
さすがに、強い。
即座に刃を返し、防御の構えをとる。
(姉様と互角か、それ以上――)
左眼《ひだりめ》の視界に、重なり合う斬線が映った。
「……っ!?」
電磁気を反発させ、真横に加速。致命的な死を回避する。
〈魔眼〉の未来視の力は、すでに発動している。
――しかし、力の発動が不安定だ。
未来の斬線が収束せず、常に揺らいでいる。
(……〈魔眼〉の力が、打ち消されているのか?)
――これまで、そんなことはなかった。
彼女の中にいる魔性の何かが、〈魔眼〉に干渉しているのか。
「よくないものに憑《つ》かれているようだね――」
足もとの瓦礫《がれき》を踏み砕き、加速する。

雷光の如《ごと》き一閃。更に、神速の剣撃を繰り出す。

アルーレ・キルレシオは剣の鍔元《つばもと》で、〈雷切丸《らいきりまる》〉を受け止めた。

咲耶《さくや》は歯噛《はが》みする。

彼女がなにか、魔性のものに憑かれているのは間違いない。

気絶させ、意識を奪いたいところだが、先ほど、咲耶の倒した〈魔剣〉使いたちのように、手加減して戦えるような相手ではない。

「――すまない、腕の一本は覚悟してもらうかもしれない」

心を冷たくする。彼女を救うには、やむを得ない。

「はあああああああああああっ！」

〈雷切丸〉の力を開放。全身に青白い雷光を纏《まと》う。

足もとの砂礫《されき》が砕け、戦塵《せんじん》が舞った。

「絶刀技《ぜっとうぎ》――〈雷鳳剣舞《らいおうけんぶ》〉！」

宙を舞うが如く連続で斬撃を繰り出す、水鏡流《みずかがみりゅう》の奥義。

〈雷切丸〉の〈加速〉の権能により、それは絶対不可避の剣嵐となる。

刃の切っ先が、アルーレの肩口を斬り裂いた。

――と、刹那。目の前の少女の姿が霧のように消失する。

（……なっ⁉）

混乱。一瞬、意識に空白ができる。

気配は、すぐ背後に生まれた。

（……っ、エルフの魔術!?）

エルフ種族は太古の魔術を使う。それを失念していたわけではないが、この剣戟《けんげき》の最中に使うことができるとは思わなかった。咲耶《さくや》も簡単な鬼道の術を使うことはできるが、実戦で使いこなせるものではない。

咄嗟《とっさ》に半身をひねり、刃《やいば》を躱《かわ》し――切れなかった。

〈聖剣〉の柄を握る手首が、浅く斬り裂かれる。

体勢が崩れた、そこへ――バスタード・ソードの刃が振り下ろされる。

左眼《ひだりめ》の〈魔眼〉が予見する。回避は不可能。

利き腕を庇《かば》い、肩で刃を受ける。

（片腕は、しかたない――）

――と、覚悟を決めた瞬間。

風が吹いた。

「……っ!?」

斬閃《ざんせん》がわずかに逸《そ》れ、刃の切っ先は二の腕を浅く斬る。

（……風？　偶然じゃ、ない……!?）

ハッとする。〈雷切丸《らいきりまる》〉の刃に、旋風が生まれた。
風は砂塵《さじん》を舞い上げ、アルーレの目をくらます。
（これは、姉様の〈聖剣〉の力――!?）
咲耶は、返す刀で一閃《いっせん》した。
刃が衝突する。吹き荒れる風の中、火花が散った。
（――姉様が、ボクを守ってくれた！）
目の端に浮かんだ涙の雫《しずく》を、風が吹き払う。
〈桜蘭《おうらん》〉の姫巫女《ひめみこ》は――二人で一人。
刹羅《せつら》の〈聖剣〉の力は、咲耶の〈雷切丸〉に継承された。
「水鏡流《みずかがみりゅう》、絶刀技《ぜっとうぎ》――〈烈破迅雷《れっぱじんらい》〉！」
風の力を帯びて――咲耶は一気に踏み込んだ。
閃《ひらめ》く紫電の閃断《せんだん》。
アルーレ・キルレシオの握ったバスタード・ソードが、宙を舞って飛ぶ。
この瞬間を待っていた。
「はああああああああああっ！」
振りかぶった〈雷切丸〉の刃が、一瞬で黒く染まった。
禍々《まがまが》しい瘴気《しょうき》が、咲耶の全身を侵蝕《しんしょく》する。

〈魔剣〉——闇千鳥《やみちどり》。

その漆黒の刃《やいば》が、アルーレの胸を穿《うが》った。

「——魔性のモノよ、姿を現せ！」

……ズ……ズズズズ……ズゾゾゾ……——

虚無を喰《く》らう〈魔剣〉の刃が——

アルーレの中から、どろりとした闇を引きずり出す。

「……なっ⁉」

咲耶《さくや》は目を見開いて、言葉を失った。

エルフの少女の中から、引きずり出された、それは——

「——ああ、こう育ったのか、〈魔剣〉の娘よ」

ぞろり、と立ち上がったそれは、舌舐《したな》めずりするように嗤《わら》った。

——九年前。咲耶に〈魔剣〉を与え——

〈桜蘭《おうらん》〉に滅びをもたらした、あの影法師だった。

第八章　最後の英雄

「ははははっ、無駄だと言ったでしょう、吸血鬼」

「……っ、はあっ、はあっ……！」

〈誓約の魔血剣《ブラッディ・ソード》〉を構え直し、リーセリアは肩で息を吐《つ》く。

もう何度、斬っただろう。

倒しても、倒しても、虚無の司祭は甦《よみがえ》り続ける。醒《さ》めない悪夢のように。

「ま、まだよっ――〈覇斬血舞《ロンド・カラミティ》〉！」

宙を舞う血の刃が、無数の紅《あか》い鎌鼬《かまいたち》となって〈ヴォイド〉の化け物を斬り刻む。

ロゼリアの力で覚醒した〈聖剣〉の能力は、飛躍的に強化されている。しかし、それは同時に、〈聖剣〉の源である魂の力をより消耗するということでもある。

〈誓約の魔血剣〉は、比較的消耗の少ない〈聖剣〉ではあるが、すでに限界は近い。

「では、そろそろ、〈女神〉をいただきましょうか」

ディールーダ・ワイズマンが嘲笑《あざわら》う。

聖杖《せいじょう》の尖端《せんたん》に魔力の光が収斂《しゅうれん》し、聖なる光が降りそそぐ。

「……っ、あ、あああああああああっ！」

ほとばしる絶叫。〈真祖のドレス〉が剥《は》がれ、光の粒子となって消失する。

「……く、う、うう……！」

リーセリアは虚無の泥の中に膝を突く。

立ち上る穢《けが》れた瘴気《しょうき》が、肌も露《あら》わな彼女の全身に纏《まと》わりつく。

「ロゼリア……さん……ごめん、なさい——レオ……君……」

〈誓約の魔血剣《ブラッディ・ソード》〉を握ったまま、リーセリアの身体《からだ》はゆっくりと虚無に沈む。

シャーリがなにか叫んでいるが、彼女もまた、〈ヴォイド〉の群れに囲まれていた。

「……っ！」

絡み付く泥の中で、リーセリアは〈聖剣〉を振り抜いた。

放たれた血の刃《やいば》が、シャーリに襲いかかる〈ヴォイド〉の頭部を斬り飛ばす。

「涙ぐましいですね、吸血鬼——」

頭上で、嘲る声が聞こえた。

ディールーダの靴底が、〈聖剣〉を握るリーセリアの手を踏みつける。

「あ、ぐ……うう……！」

「私はね、昔から不死者《アンデッド》が嫌いなんですよ。不完全な不死の化け物。とくに、穢れた血を啜《すす》って生きる、吸血鬼の眷属《けんぞく》はね」

端整な顔を喜悦に歪《ゆが》ませ、ディールーダは聖杖《せいじょう》を掲げた。

放たれた聖なる灼光《しゃっこう》が、リーセリアの肌を炙《あぶ》る。

「……あ……あ、ああああああ……！」

「滅びよ、不浄なる吸血鬼。あなたは〈女神〉の器に相応《ふさわ》しくありません」

喜悦の笑みを浮かべ、聖杖を振り下ろす。

と、刹那――

グルオオオオオオオオッ――――！

影の中から現れた黒狼《こくろう》が、ディールーダの喉笛を噛《か》みちぎった。

血がほとばしり、ディールーダの身体が引き倒される。

「……っ、ブラッカスさん!?」

リーセリアが目を見開く。

「貴……様ぁ、人狼《じんろう》……――俺の……影に――」

「すべての影は俺の王国だ。無論、貴様の影もな」

ブラッカスの前脚が、ディールーダの頭をぐしゃりと踏み砕いた。

「……っ、冷血の……刃……よ！」

虚無の泥の中で、リーセリアは力を振り絞り、半身を起こした。

解き放たれた血の刃が、全身にまとわりつく汚泥を斬り払う。

「ブラッカスさん、無事だったのね……」

「ああ、奴《やつ》の影の中に潜んで、どうにか、な――」

ブラッカスは低く唸《うな》り、噛《か》みちぎった肉片を吐き捨てた。

その肉片が、たちまち膨れ上がり、もとの人の姿に変化する。

「く、くくく……やってくれましたねえ」

一瞬で甦《よみがえ》ったディールーダは、ブラッカスに杖《つえ》を向ける。

「この死に損ないがあああああっ――！」

「……っ⁉」

降りそそぐ光の槍《やり》が、ブラッカスの腹を貫いた。

「ブラッカス様……！」

と、ディールーダめがけ、影の刃《やいば》が放たれる。

シャーリだ。〈ヴォイド〉の包囲を突破し、こちらへ駆けてくる。

「塵《ごみ》が――」

苛立《いらだ》たしげに呟《つぶや》いて、肩口に突き立った影の刃を乱暴に引き抜くと、

「いい加減に、消えていただきましょうかっ――！」

その掌に激しい閃光《せんこう》がほとばしる。

「……っ、させないわっ！」

刹那、リーセリアの飛ばした血の刃が、魔導師の手首を斬り飛ばした。

「……くっ——おおおおっ……！」

「はあああああああっ！」

地を蹴って、一気に間合いを詰めるリーセリア。

〈誓約の魔血剣《ブラッディ・ソード》〉の刃を、袈裟懸《けさが》けに振り下ろす。

「ぐ、うう……しぶとい、塵どもですねえええええっ！」

血飛沫《ちしぶき》を噴き上げて、ディールーダの身体《からだ》は倒れ伏した。

「何度殺しても、無駄だと……——」

激しく泡立つ虚無の汚泥の中から、司祭の肉体が、たちまち甦り——

「な……に……？」

ぼとっ——

聖杖《せいじょう》をにぎるその指が、崩れるようにもげ落ちた。

「な……ん……だ……——？」

不可解そうに眉を顰《ひそ》め、地面に落ちた自身の腕を見下ろす。

ぼとっ、ぼとぼとぼとっ——と、
指先が、手首が、腕が……次々と崩壊し、地面に転がる。

「な、なんだ、これは……——なんだこれはああああああああっ！」

……脚が崩れ、首がもげ落ちた。

再びその肉体が再生し――

「が……あ、ぎ……ぎぎぎ……が、あ……！」

ぼとっ……ぼとぼとぼとっ……――

同じことが繰り返される。

「な、なぜだ……なぜだなぜだなぜだあああああああっ！」

「な、なに……？」

目の前の光景に、唖然《あぜん》として立ち尽くすリーセリア。

『――どうやら、君の友人が間に合ったようだ』

その脳裏に、〈女神〉の声が聞こえた。

◆

ズオオオオオオオオオオオオオオンッ！

衝撃と轟音《ごうおん》が、第Ⅷエリアの地上部分まで響きわたる。

「……やった、わね」

両耳から手を離し、エルフィーネは呟《つぶや》いた。

〈機骸兵《きがいへい》〉を遠隔操作し、超小型〈魔力炉〉の連鎖自壊を引き起こしたのだ。

「さすがに、木《こ》っ端微塵《ぱみじん》よね……」

「ええ」

背後で作業を続けるクロヴィアに、頷《うなず》くエルフィーネ。

（ひとまず、〈女神〉様の言った通りにしたけれど……）

あの無数の棺《ひつぎ》が、なぜリーセリアの危機に関わるのだろうか――？

空を見上げると、無数の飛行型〈ヴォイド〉が上空を埋め尽くしている。

〈ヴォイド〉の尖兵《せんぺい》は、すでに〈第〇七戦術都市《セヴンス・アサルト・ガーデン》〉に侵攻を始めているようだ。

「姉さん、まだかかりそう？」

「ええ、もういけるわ――これでよし、と」

クロヴィアが、目の前の魔導人形を見て満足そうに頷いた。

エルフィーネが爆破の準備をしている間、シュヴェルトライテに、各種新型の対〈ヴォイド〉用武装を取り付けていたのだ。

「それにしても、驚いたわ。規格が合ってないのに接続できるなんて――」

姉は信じられない、という表情をしているが、エルフィーネは、この魔導人形が戦術航空機と同化したところを見ているので驚きはない。

「――飛行ブースターユニット、及び各種武装、作動に問題はありません」

と、シュベルトライテが無表情に言った。

「──それじゃ、行きましょうか」

エルフィーネが〈天眼の宝珠《アイ・オヴ・ザ・ウイッチ》〉の力場を展開し、ふわりと浮かんだ。

「ちょっと、フィーネちゃん、わたしは？」

「姉さんは、〈管理局〉の人に、フィレットの兵器の説明をお願い。学生のわたしがするよりは、説得力があるでしょ」

「……わかったわ。気を付けてね」

飛び立つ二つの影を、クロヴィアは見送った。

◆

『奴《やつ》の器は、すべて壊れたよ』

「ロゼリアさん……」

脳裏に聞こえた声に、リーセリアは返答する。

「フィーネ先輩が、なにかしてくれたんですか？」

『ああ。それにしても、まさか、〈機骸兵《きがいへい》〉の魔力炉を使うとはね』
オ、オオオオオオオオオオオオオオオ……！
六英雄の〈大魔導師〉──ディールーダ・ワイズマンが、怨嗟《えんさ》の声を上げる。

消滅した肉体が泥の中で甦《よみがえ》り、すぐにまたボロボロと崩れ落ちる。

「なぜ……だ、なぜ……、私の……完全な不死があああああっ！」

『魔導師、君の魂は、その死を九千六百二十二回繰り返したあとで完全に消滅する。わたしの知識と人類の魔導技術を組み合わせ、完全な人造人間《ホムンクルス》を生み出したのは見事だが、高度な技術ゆえに、その保管にもまた、高度なテクノロジーを要する。器を人類の都市で保管せざるを得なかったのは、失敗だったね』

ディールーダを見下ろして、ロゼリアは冷徹に言った。

『──滅びよ、〈使徒《アポストル》〉の王。お前には惨《みじ》めな死が似合いだ』

「ロゼリアアアアアアアッ！」

ディールーダの周囲に虚無の泥が集まり、〈ヴォイド〉の異形に変化した。

おぞましい咆哮《ほうこう》をあげ、巨大な津波となって押し寄せる。

「私とひとつになるがいいいいいいっ！」

『──お断りだ』

ロゼリアの意志を受けて、リーセリアはこくっと頷《うなず》く。

〈誓約の魔血剣《ブラッディ・ソード》〉に、紅蓮《ぐれん》の焔《ほのお》が宿る。

ヴェイラ・ドラゴン・ロードの竜の血だ。

「はあああああああっ──〈竜王絶血剣《ドラグ・ブラッド・ハウル》〉！」

「ぐおおおおおおおおおおおおおおおおおっ！」

ほとばしる魔導師の絶叫。

噴き上がる紅蓮《ぐれん》の焔《ほのお》に呑《の》み込《こ》まれ――

〈使徒《アポストル》〉――ディールーダ・ワイズマンは完全に消滅した。

「……こ、今度こそ、倒したわね」

呟《つぶや》いて、燃え盛る〈竜王の血《ドラゴン・ブラッド》〉の焔を〈聖剣〉に回収するリーセリア。

全身を疲労感が襲い、その場にへたりこむ。

「大丈夫ですか？」

と、メイド服姿に戻ったシャーリが声をかけてくる。

「ええ、ちょっと、力を使い過ぎたみたい。シャーリちゃんこそ、怪我《けが》はない？」

「……ご心配なく」

シャーリはメイド服の袖口から、ドーナツを取り出した。

「新商品のモチモチショコラです。どうぞ」

「え、くれるの？」

「多少は、魔力を補給できるでしょう」

「あ、ありがとう」

リーセリアがドーナツを受け取ると、彼女は照れたように目を逸《そ》らした。

「体力を回復したら、すぐに〈第〇七戦術都市《セヴンス・アサルト・ガーデン》〉に向かわないと」

リーセリアは、丘の向こうへ目を向けた。虚無の汚泥から生まれた〈ヴォイド〉の軍勢は、すでに〈第〇七戦術都市〉へ到達しているようだ。

（レギーナ、咲耶《さくや》、フィーネ先輩……）

……第十八小隊の仲間ことを想《おも》い、唇を噛《か》みしめる。

それから、振り向いて、空に浮かんだ虚空《こくう》の極点を見上げた。

無限に溢《あふ》れ出《だ》す〈ヴォイド〉の発生源。

「レオ君は……」

『レオニスは、あの中で戦っているようだ』

と、頭の中でロゼリアが声を発した。

「……あの中で？」

『ああ。あの〈ヴォイド・ゴッド〉の中に閉じ込められているみたいだね』

「閉じ込められてるって……それじゃあ、レオ君は――」

『〈ヴォイド・ゴッド〉の根源を破壊できなければ、虚無に取り込まれてしまう』

「そんな……」

『リーセリア・クリスタリア』

と、息を呑むリーセリアに、ロゼリアは告げた。

『わたしを、レオニスのところへ連れて行ってくれ』

「え？」

『わたしの力が必要になるかもしれない』

「わ、わかりました！」

リーセリアは頷《うなず》いた。

（レギーナたちのことも心配だけど……）

ここから〈第〇七戦術都市《セヴンス・アサルト・ガーデン》〉に戻るには、かなり時間がかかる。あの無限の〈ヴォイド〉を生み出す虚無の根源をなんとかしたほうがいいだろう。

シャーリにもらったドーナツを呑《の》み込《こ》み、魔力の翼を出そうとすると、

「無理をするな、影を渡れば、俺のほうが速い」

ブラッカスが言った。

「……大丈夫なの？」

「戦闘は厳しいが、走ることはできる」

ブラッカスは軽くしっぽを振り、背中に乗るようにうながした。

「ブラッカス様、眷属《けんぞく》の娘を乗せるのですか!?」

シャーリが驚いたように目を見開く。

「マグナス殿の認めた眷属だ、構わぬ」

「それじゃあ、失礼するわ」

リーセリアは黒狼《こくろう》の背にひらりと飛び乗った。

「しっかり、掴《つか》まっていろ。影の中に落ちると探すのが面倒だからな」

ブラッカスは地面を蹴ると、影の中に飛び込んだ。

◆

ドクン、と――

〈海王〉を呑み込んだ〈ヴォイド・ゴッド〉が鳴動した。

……ゾ……――ゾゾゾゾ……――

巨大な肉塊がうねるように蠢《うごめ》き、膨張と収縮を繰り返す。

「な、なにが起きているの……?」

と、ヴェイラが呻《うめ》き声を漏らす。

「まさか、〈海王〉を取り込んで、更なる進化を遂げようとしているのか……?」

レオニスがハッとして叫んだ。

「……っ、奴《やつ》を完全体にさせるな！」

蠢動《しゅんどう》する〈ヴォイド・ゴッド〉に掌を差し向け、破壊魔術を撃ち込む。

「——〈闇獄爆裂光《アルザム》〉！」

「——〈覇竜魔光烈砲《ディ・アルグ・ドラグレイ》〉！」

同時、ヴェイラも閃光《せんこう》を放った。

ズオオオオオオオオオオンッ！

荒れ狂う焔《ほのお》と爆風。

肉塊の中で蠢《うごめ》く〈ヴォイド〉の群体が吹き飛んだ。

「まだだっ、全力で攻撃しろ！」

「わかってるわ！」

更に第十階梯《かいてい》魔術を連発する。

激しい魔力の光が、視界を真っ白に染め上げる。

シャダルクがリヴァイズと完全に同化してしまえば、膨大な魔力と、対魔術の力を手に入れることになる。そうなれば、完全に手に負えない。

——この世界の終焉《しゅうえん》だ。
■■オオオオオオオオ■■■■ッ——！
〈ヴォイド・ゴッド〉の咆哮《ほうこう》が、大地を震撼《しんかん》させた。

半壊した肉塊は、信じられない速度で再生してしまう。

「嘘《うそ》でしょ、ほとんど効いてないわ！」

「……っ、遅かったか……！」

肩で息をつき、レオニスは歯噛《はが》みする。

まだ、完全に同化しきっていないが、時間の問題だろう。

「──レオニス、さっきの剣がお前の切り札か」

と、背後で声が聞こえた。

「ガゾス……」

姿を現したのは、〈獣魔剣〉を手にしたガゾス＝ヘルビーストだ。

足もとに、魔氷の欠片《かけら》が散らばった。

「ああ、しかし──」

と、レオニスは左の手を握りしめる。

リヴァイズの生み出した、千載一遇の機会は失われた。

「あの剣は、奴《やつ》を滅ぼせるのか？」

巨大化する〈ヴォイド・ゴッド〉を見遣《みや》りつつ、訊《き》いてくる。

「確実に、とは言い切れん」

レオニスは首を横に振った。

「が、あれを生み出している根源を破壊できれば、あるいは──」

〈ヴォイド・ゴッド〉の根源──

〈剣聖〉――シャダルク・シン・イグニスの魂。

（……おそらく、魂の残滓《ざんし》は、あれの奥深くにまだ存在している）

あの巨大な腕の繰り出した剣技は、間違いなくログナス流剣術だ。

それに、レオニスを呼んだ、あの声は……気のせいではあるまい。

「そうか――」

ガゾスは腕組みして頷《うなず》くと、

「――ヴェイラ！」

上空で、熱閃《ねっせん》を放ち続けるヴェイラに向かって叫んだ。

「レオニスに切り札がある。もう一度、しかけるぞ」

「切り札？」

怪訝《けげん》そうに訊《き》き返すヴェイラ。

と、〈ヴォイド・ゴッド〉の肉塊が、魔力の光を帯びて輝く。

「時間がねえ。〈海王〉が完全に取り込まれる前に、やるぞ！」

ガゾスが、白銀の体毛を逆立てて咆哮《ほうこう》した。

瞬間、その姿が巨大な白虎に変化する。

レオニスは思わず、おお、と声を上げた。

獣化形態。ガゾスは武器での決闘を好むため、レオニスも数度しか見たことがない。

「――乗れ、レオニス。奴《やつ》をどうにかできるのは、お前の切り札だけだ」

「――ああ、そうだな」

レオニスは頷くと、白虎の背に飛び乗った。

◆

「……お、前……は……!?」

〈魔剣〉――〈闇千鳥《やみちどり》〉を手にしたまま、咲耶《さくや》は目を見開く。

アルーレ・キルレシオの中から、ずるりと這《は》い出てきたのは――

九年前の、あの日。

絶望する咲耶に〈魔剣〉を与えた、無貌の影だった。

紅《あか》く輝く〈凶星〉の下、滅びた〈桜蘭《おうらん》〉の都を闊歩《かっぽ》する、〈ヴォイド〉の百鬼夜行。

私は未来、あるいは過去。あるいは因果、運命、虚無――

記憶の中で、美しい歌声がリフレインする。

どさり――と、糸の切れた操り人形のように、アルーレの身体《からだ》がくずおれた。

無貌の影法師が、ニタリと嗤《わら》った――ような気がした。

「あ……――」

その瞬間。あらゆる感情を塗り潰し、ただ、怒りと激情が身を焦がした。

死の間際、姉が教えてくれた。

〈桜蘭《おうらん》〉を滅ぼしたのは、片目の剣士の姿をした〈ヴォイド〉ではない。

――この影法師なのだと。

「……っ、あああああああああああっ！」

激情のままに、〈闇千鳥《やみちどり》〉の刃《やいば》を袈裟懸《けさが》けに斬り下ろした。

無貌の影が、平坦《へいたん》な断面を見せて真っ二つになる。

……しかし、それだけだった。

影は音もなく、元の姿に戻り、〈闇千鳥〉の刃をその身体《からだ》に呑《の》み込《こ》んだ。

「……なっ!?」

「愚かな子。〈魔剣〉の根源である私を、〈魔剣〉で殺そうとするなんて」

無貌の影が嗤《わら》う。愉《たの》しそうに嘲笑《あざわら》う。

その瞬間、咲耶《さくや》の左眼《ひだりめ》の〈魔眼〉は未来を視《み》た。

真っ暗な闇。虚無。無無無無無。■■■■■■■――

（……〈魔眼〉が、未来を映し出さない!?）

胸中で驚愕《きょうがく》の声を上げる。

「戯《たわむ》れに〈魔剣〉を与えた巫女《みこ》の娘よ。因果の糸はここに紡がれた。お前はエルフの勇者より、器として優れている」
しゅるり、と影の触手が咲耶の両腕に絡みつく。
「……っ!?」
咄嗟《とっさ》に逃れようとするが、全身の力が抜け、膝から崩れ落ちてしまう。
（……な、んだ……身体、が……――）
脱力感に抵抗し、必死に立ち上がろうとする。
（……故国の仇《かたき》を前にして……ボク、は……――）
意識……が――■く――塗り■■潰され■■■■■■――
「――咲耶！」
リイイイイイイイイイイイッ――！
刹那。虚空《こくう》を斬り裂く閃光《せんこう》が、影法師の触手を切断した。
「……っ!?」
身体が自由になる。
反射的に、地面を蹴って後ろに跳んだ。
（今の光は――!?）
閃光の放たれた方向へ、視線をやると――
上空に、ふたつの人影があった。

「──先輩!?」

〈聖剣〉の宝珠を足もとにしたがえた、エルフィーネだ。

彼女の横には、スラスターを取り付けた、あの魔導人形の姿もある。

「咲耶《さくや》から、離れなさいっ!」

エルフィーネが叫んだ。

〈天眼の宝珠《アイ・オヴ・ザ・ウイッチ》〉が、地上にいる無貌の影を、正確無比に狙撃する。

閃光《せんこう》に穿《うが》たれ、影法師が一瞬で蒸発した。

(いや、姿を消しただけか……)

〈聖剣士〉の増援を恐れたのだろうか──?

咲耶は、ふらりとその場に倒れ込んだ。

「──咲耶、大丈夫!?」

エルフィーネが降りてきて、咲耶に駆け寄ってくる。

「ああ……不覚をとった」

「このあたりで、大量の〈魔剣〉の反応を感じたの。それで──」

エルフィーネは周囲を見回した。あたりには、強制的に〈魔剣〉使いにさせられた、〈聖剣学院〉の学院生が倒れ伏している。

「彼女たちは、無事だよ。〈管理局〉に連絡して、救護を」

「……わかったわ」

〈天眼の宝珠《アイ・オヴ・ザ・ウイッチ》〉で〈管理局〉と連絡をとるエルフィーネ。

と、彼女は意識を失ったアルーレに視線を向けた。

「この娘《こ》、もしかして、〈第〇三戦術都市《サード・アサルト・ガーデン》〉の――」

「ああ、彼女は――〈管理局〉に報告するのは、ちょっとまずいかもね」

咲耶《さくや》は半身を起こし、肩をすくめる。

「彼女には、いろいろ聞かないといけないことがある――」

「咲耶、さっきのあれは、〈ヴォイド〉なの？」

エルフィーネが眉をひそめた。

「……いや、わからない。〈ヴォイド〉というよりは、〈魔剣〉――」

「――付近に敵性反応を確認。大型の個体が、十四体」

降下してきたシュベルトライテが、警告の声を発した。

「……まずいわね、防衛ラインを突破されたみたい」

エルフィーネの顔に焦《あせ》りの色が浮かぶ。

咲耶は満身創痍《まんしんそうい》。なにより、ここには動けない〈聖剣士〉たちがいるのだ。

「ひとまず、どこか建物の中に運ぼう」

――と、その時だ。

宵闇の空の彼方《かなた》に、なにか巨大な影が浮かび上がった。

「な、なんだ、あれは……？」

「まさか――〈アルビオン〉!?」

◆

――〈魔王戦争〉が終結した、三十年後。

シャダルク・シン・イグニスは、戦場で命を散らした。

敵の剣にかかったのではない。ひとたびとはいえ、〈光の神々《ルミナス・パワーズ》〉の祝福を受け入れたその肉体が、遂《つい》に限界を迎えたのだ。

かつての英雄の死を嘆くものは、誰もいなかった。

その時、すでに〈剣聖〉は虚無に蝕《むしば》まれ、おぞましき怪物となっていたのだ。

そして、彼は〈虚無世界〉で〈ヴォイド〉として復活した。

しかし、虚無に蝕まれてなお、彼の強靱《きょうじん》な意志は健在だった。

その魂に〈叛逆《はんぎゃく》の女神〉への憎悪を宿し――

〈剣聖〉は、〈虚無〉を狩る怪物となった。

◆

——一〇〇〇年前。〈魔王〉と〈英雄〉の戦った古戦場を、白銀の白虎が疾駆する。

荒野に溢《あふ》れる〈ヴォイド〉の怪物を無造作に踏み砕き、その根源に肉薄する。

レオニスは〈獣王〉のたてがみを掴《つか》みながら、

「〈聖剣〉——アクティベート！」

片方の手に、〈聖剣〉——〈EXCALIBUR.XX《エクスキャリバー・ダブルイクス》〉の刃《やいば》を顕現させる。

眼前に迫る、巨大な〈ヴォイド・ゴッド〉の肉塊。

無限の〈ヴォイド〉を産み落とす混沌《こんとん》の胎《はら》が、青白く発光した。

「来るぞっ——！」

身を低くして、レオニスは叫んだ。

ズアアアアアアアアアアアアアアッ——！

無数の白刃のごとき閃光《せんこう》が、〈ヴォイド・ゴッド〉の全身から放たれる。

魔術ではない。取り込んだ〈海王〉の魔力を無造作に放射したのだ。

「……っ！」

レオニスは〈聖剣〉の維持に集中しているため、防御魔術を使えない。疾走するガゾスに身を任せ、ただ振り落とされないようにしがみつく。

と、その頭上に巨大な影が差した。

薙《な》ぐように放たれた魔力の光を——

「……っ、こ、のおおおおおおおおっ！」

翼を広げた赤竜が、その鱗《うろこ》で弾《はじ》く。

竜化形態に姿を変えた、ヴェイラだ。

ズオンッ、ズオンッ、ズオオオオオオオオンッ！

竜の鱗は、強力な対魔力の特性がある。

弾かれた魔力の光が乱反射し、荒野に無数の火柱が上がった。

「——っ、ふん、たいしたことないわね！」

ヴェイラは咆哮《ほうこう》すると、お返しとばかりに熱閃《ねっせん》を放った。

ズオオオオオオオオオオオオンッ！

紅蓮《ぐれん》の焔《ほのお》が、〈ヴォイド・ゴッド〉の一部を熔解《ようかい》させる。

舞い上がる戦塵《せんじん》の中を、白銀の獣が駆け抜ける。

蠢《うごめ》く〈ヴォイド・ゴッド〉の肉塊が、眼前に迫る。

「いくぞ、レオニス——」

「ああ！」

レオニスは身を起こし、〈EXCALIBUR.XX〉の刃を構える。

――と、〈ヴォイド・ゴッド〉が、接近する二人に反応した。
大太刀《おおだち》を手にした巨腕が、まっすぐに振り下ろされる。
「――ちっ！」
閃《ひらめ》く巨大な刃《やいば》を、白銀の白虎は紙一重で回避した。
――が、〈剣聖〉の腕は瞬時に刃を返し、横薙《よこな》ぎに剣を振るう。
「――はっ、この〈獣王〉を、舐《な》めるなっ！」
ギイイイイイイイイイイッ！
大地を割るその刃を――
ガゾス＝ヘルビーストは、その牙で受け止めた。
衝撃。レオニスは振り落とされぬよう、たてがみを掴《つか》む。
ピシッ――大太刀の刀身に亀裂が奔《はし》った。
裂帛《れっぱく》の闘気を放ち、刃を噛《か》み砕《くだ》く。
この牙こそが、〈獣王〉最強の武器。
そこへ――
グオオオオオオオオオオオオッ！
急降下してきたヴェイラが、〈ヴォイド・ゴッド〉の腕を地面に押さえ込む。
顎門《あぎと》が開き、熱閃《ねっせん》が大地に蔓延《はびこ》る虚無の化け物を焼き払った。

「──レオニス！」

「おおおおおおおおおおおおおっ！」

ヴェイラの声に応え、レオニスは〈聖剣〉の刃を振り抜いた。

ほとばしる凄烈な光が、〈ヴォイド・ゴッド〉の肉塊を穿《うが》ち抜く。

「今だ！　再生する前に──！」

ガゾスは咆哮《ほうこう》すると、蠢動《しゅんどう》する〈ヴォイド・ゴッド〉の中に飛び込んだ。

途端、噎《む》せ返《かえ》るような、濃密な虚無の瘴気《しょうき》が肺腑に侵入する。

「レオニス、さっさと切り札を使え！」

「駄目だ。根源を見つけねば、消滅させることはできん！」

叫び、レオニスは混沌《こんとん》の闇に目を凝らした。

〈聖剣〉の輝きだけが、唯一、虚無を照らすものだ。

〈ヴォイド・ゴッド〉の胎《はら》の中は、更に無限の空間が広がっているようだった。

と、周囲の〈ヴォイド〉が、二人を押し包むように一斉に押し寄せてくる。

「ちいっ──レオニス、行け！」

「ガゾス！」

レオニスの身体《からだ》が振り落とされる。

無数の〈ヴォイド〉に呑《の》み込《こ》まれた〈獣王〉が、無明の闇の中に消えた。

「……っ！」
レオニスは素早く立ち上がり、〈聖剣〉の刃《やいば》を抜き放った。
（この瘴気《しょうき》は、まずいな……）
レオニスは口元を押さえた。
不死者《アンデッド》の肉体ならばいざしらず、今のレオニスの身体《からだ》は十歳の少年のものだ。
（……数十秒もとどまれば、俺も取り込まれてしまう）
粘つくような虚無を切り裂き、ただ闇雲に前に進む。
この虚無の中心に、〈ヴォイド・ゴッド〉の根源が存在するはずなのだ。
わずかに残された、〈剣聖〉——シャダルクの意志が。
「——シャダルク、俺は——ここにいるぞ！」
〈EXCALIBUR.XX《エクスキャリバー・ダブルイクス》〉の刃を振るい、レオニスは叫ぶ。
〈聖剣〉は、意志の力の具現化した武器。
だとすれば、シャダルクの魂の残滓《ざんし》が、反応する可能性は高い。
泥の中を這《は》うように、レオニスは足を進める。
（……どのみち、戻ることは不可能。進むしかあるまい）
果てしない無明の闇の中で——
……オ……ニ……ス……——！

遠く、唸《うな》るような声が聞こえた。

「……っ！」

──間違いない。

その声を、聞き違えるはずがない。

あの雨の日。路地裏で蹲《うずくま》る少年を救い出し、光に導いた声。

剣の師として、教え導いた声。

そして、幾度も敵としてまみえ、彼は憎悪を込めてその名を呼んだ。

〈不死者の魔王〉──レオニス・デス・マグナスと。

……レ……──オ、ニ……ス……──

それは、魔の道に堕《お》ちた弟子への怨嗟《えんさ》の声か──

「シャダルク・シン・イグニス──堕ちた英雄よ！」

と、レオニスは彼の名を呼んだ。

「〈不死者の魔王〉が、貴様との決着をつけに来てやったぞ！」

……………オ、オオオオオオオ……──

虚無の闇が振動した。

粘つくような闇が、レオニスの身体にじっとりとまとわりつく。

少しでも気を抜けば、底なしの闇に引きずり込まれる。

「……シャダルク！」

叫んだ、その時。

闇の奥《おく》で、何かが光るのが見えた。

今にも消え入りそうな、微《かす》かな光が。

「……っ、お、おおおおおおおおっ！」

渾身《こんしん》の力を振り絞り、レオニスは〈聖剣〉の刃《やいば》を振り抜いた。

眼前の虚無が引き裂かれる。

そこに――

「――レオニス……来ると、思っていた――」

レオニスは眼《め》を見開く。

無明の闇の中、淡い燐光《りんこう》を放っているのは、透き通った紫水晶《アメジスト》の髪だ。

「リヴァイズ!?」

そう、そこにいたのは、取り込まれた〈海王〉だ。

蠢《うごめ》く肉塊の中に、身体《からだ》の半分以上を埋《うず》めていた。

「……ここだ、レオニス――〈剣聖〉の魂はここにいる！」

リヴァイズはかすれた声で叫んだ。

（……っ、まさか、お前の狙いは……）

……ようやく、レオニスは気付いた。

リヴァイズは、レオニスを庇《かば》ったのと同時に――

意図して〈ヴォイド・ゴッド〉に取り込まれたのだと。

――〈剣聖〉は、魔術との親和性が最も低い英雄だ。

ゆえに莫大《ばくだい》な魔力を持つ〈海王〉との融合には時間がかかる。

そう読んで――

（魔力を放出し続け、融合を拒み続けていたのか！）

リヴァイズの魔力がほとばしり、眩《まばゆ》い閃光《せんこう》が一瞬、あたりの闇を祓《はら》った。

機会は作る――と、彼女は言った。

氷獄の魔術による足止めではなく、この瞬間こそが――

〈EXCALIBUR.XX《エクスキャリバー・ダブルイクス》〉を両手に構え、レオニスは走った。
オ、オオオオオオオ……レ、オ……ニス……――
憎悪。憤怒。怨恨。絶望。慟哭《どうこく》――否《いな》、それだけではない。

レオニスでなければ、気付くことはできなかった。

永遠の虚無の中で救いを求める英雄の声を、レオニスはたしかに聞きわける。

「――おおおおおおおおっ！」

リヴァイズを呑《の》み込《こ》もうとしている、蠢く肉塊へ――

輝く〈聖剣〉の刃《やいば》を突き立てる。

あの日、彼が少年に手を差し伸べたように。

レオニスの意志の力を宿した灼光《しやつこう》が、暗闇の中でほとばしった。

「もう、眠れ。比類無き英雄――我が師よ」

◆

巨大な遺跡が、海上を飛行していた。

〈天空城《アズール・フォート》〉――一〇〇〇年前、〈竜王〉がその居城としていた要塞だ。

半壊した、その要塞の空中庭園に――

軍服を着た壮年の男が立ち、彼方《かなた》に見える黒い極点を見据えていた。

「英雄が虚無の極点《ヴォイド・ゴッド》の依り代《よ　しろ》となり――」

「彼の地に〈魔王〉が集結した」

独り言のように見える――が、そうではない。

男は――エドワルド・レイ・クリスタリア公爵は、会話をしていた。

〈異界の魔神〉――アズラ＝イル。

六年前、〈第〇三戦術都市《サード・アサルト・ガーデン》〉が滅びたあの日に、彼と契約した〈魔王〉と。

「それでは、はじめよう。真の〈魔王計画〉を」

「──ああ、はじめよう。たとえそれが、全人類への背任になるとしても」

あとがき

志瑞祐《しみずゆう》です。『聖剣学院の魔剣使い』新刊をお届けいたします。今回、作者都合で一月ほどお待たせしてしまい、読者の皆様には大変申し訳ありませんでした。

世界を侵蝕《しんしょく》する虚無の〈門〉。それを破壊すべく、決戦を挑む〈魔王〉チーム。六英雄に狙われるリーセリアとロゼリア、侵攻してくる〈ヴォイド〉の軍勢を迎え討つ、〈第〇七戦術都市《セヴンス・アサルト・ガーデン》〉。今回はバトル！バトル！バトル！の展開で、それぞれのキャラクターが、それぞれの場所で、それぞれの真剣勝負を繰り広げることになりました。すべての力をぶつけ合う総力戦、楽しんでいただけたら幸いです。

謝辞です。遠坂《とおさか》あさぎ先生、ご多忙なスケージュルの中、今巻でも素敵な表紙と挿絵をありがとうございました。レオニス、リーセリア、レギーナ、物語の最初に出会った三人の成長した姿が感慨深いです。

コミック版を手掛けてくださっている蛍幻飛鳥《けいげんあすか》先生、毎号最高に面白い漫画を手掛けてくださって、本当にありがとうございます。現在は原作6巻のストーリーを描いてくださっているのですが、咲耶《さくや》のカッコよさと可愛《かわい》さが爆発しております。

担当編集様、デザイナー様、校正様、今回も大変お世話になりました。

そして、『せまつか』のアニメを製作してくださった、森田《もりた》監督、脚本の岡田《おかだ》さん、パッショーネのスタッフの皆様、素晴らしいアニメを手掛けてくださって、本当にありがとうございました。毎週、放送を楽しみにしていて、最終回放映のあとには、しばらくせまつかロスになってしまい、配信でずっと観返《みかえ》していました。

Blu-ray も絶賛発売中なので、ぜひアニメのほうも応援してくださると嬉《うれ》しいです。

――さて、魔王と少女の出会いから始まったこの物語、一〇〇〇年の約束を果たす物語は、次巻でいよいよクライマックスを迎えます。

すべてのエピソードの収束する、『聖剣学院の魔剣使い』最終巻。

少しお時間を頂くかと思いますが、どうか期待してお待ちください。

二〇二四年三月　志瑞祐

MF文庫J

聖剣学院の魔剣使い 15

2024年 4月 25日 初版発行

著者 志瑞祐

発行者 山下直久

発行 株式会社 KADOKAWA
〒102-8177 東京都千代田区富士見 2-13-3
0570-002-301（ナビダイヤル）

印刷 株式会社広済堂ネクスト

製本 株式会社広済堂ネクスト

Printed in Japan ISBN 978-4-04-683472-0 C0193

●お問い合わせ
https://www.kadokawa.co.jp/（「お問い合わせ」へお進みください）
※内容によっては、お答えできない場合があります。
※サポートは日本国内のみとさせていただきます。
※Japanese text only

◇◇◇

【 ファンレター、作品のご感想をお待ちしています 】
〒102-0071 東京都千代田区富士見2-13-12
株式会社KADOKAWA MF文庫J編集部気付「志瑞祐先生」係「遠坂あさぎ先生」係